따뜻한 회색

실천문학 소설

따뜻한 회색

2025년 11월 25일 1판 1쇄 박음
2025년 12월 05일 1판 1쇄 펴냄

지은이	심은신
펴낸이·편집장	윤한룡
디자인	윤려하
관리 영업	이소연
홍보	고 우

펴낸곳	(주)실천문학
등록	10-1221호(1995.10.26)
주소	남양주시 퇴계원읍 퇴계원로 52 405호
전화	02-322-2161~3
팩스	02-322-2166
홈페이지	www.silcheon.com

ⓒ 심은신, 2025

ISBN 978-89-392-3186-3 03810

이 책은 울산광역시, 울산문화관광재단 '2025년 예술창작활동 지원사업'의
지원을 받아 발간되었습니다.

이 책 내용의 전부 또는 일부를 재사용하려면
반드시 지은이와 실천문학 양측의 동의를 받아야 합니다.

따뜻한 회색

심은신 소설집

실천문학

차례

따뜻한 회색 009

유리 정원 043

스토리 075

그녀의 패션 187

라흐마니노프의 손가락 217

해설 정재훈 237
작가의 말 255

따뜻한 회색

*

 함께 소환된 세 사람 중 내가 마지막으로 조사실에 들어왔다. 생경한 경찰서 조사실은 막연한 공포심을 일으킨다. 창문 하나 없는 실내가 낯설고 갑갑하다. 먼저 조사받은 강인영 과장님과 김정아 대리는 은행으로 다시 들어간 것일까. 우리 세 사람은 경찰서에 도착하자마자 각자 다른 대기장소로 안내됐고 핸드폰까지 제출한 터라 서로 간에 어떤 정보도 나눌 수 없다.
 그제 영등포경찰서 형사과로부터 참고인 조사차 출석요구를 받았을 때, 당연히 재무 사고가 터진 줄 알았다. 시중은행 본점 영업부 사원 세 사람이 나란히 경찰의 출석요구를 받을 일은 재무 사고 외에는 없을 터였다. 막내 고우림 씨가 무단결근한 것 외에 영업부는 특별한 일 없는 일상을 보내고 있었다. 그제 오후 형사의 전화를 받은 건, 기업 대출 미팅을 막 끝내고 금융상품 개발 회의에 참석하려던 참이었다.

"고우림 씨 자살미수 사건과 관련해 조사할 게 있습니다."

업무용 수화기 너머, 형사라고 밝힌 남자의 말은 범죄영화의 대사 같았다. 나는 반사적으로 고우림 씨의 빈자리로 고개를 돌렸지만, 얼른 대답하지 못했다. 자살미수라면 그녀가 자살을 시도했다가 실패했다는 뜻이고, 참고인 조사라면 그녀의 자살 시도와 관련해 내게 진술해야 할 부분이 있다는 의미였다. 참고인으로 지목된 사람이 나와 강인영 과장님, 김정아 대리라는 설명을 듣는 순간, 난청이라도 생긴 듯 수신이 흐릿해졌다.

"우울증으로 자실을 시도한 게 틀림없어. 거기에 물귀신처럼 부서 동료들까지 끌어들인 거고. 혼자 진상이더니 결국 큰일을 내고 말았네."

강인영 과장님은 당황스러운 상황에서도 차분하게 사건의 추이를 진단했다. 자신의 촉을 굳게 믿는 입술엔 냉소가 스쳤다. 혹시 우리 세 사람에게 불리한 일이 생길 수도 있으니, 변호사를 법률대리인으로 위촉하자는 제의까지 했다. 말투엔 비장한 결의가 엿보였다.

그때 어쩌자고 반대했던 걸까. 어차피 죄과가 없는 바에야 일 크게 만들지 말고 있는 그대로 진술만 하자고 주장한 건 나였다. 직장 동료로서 고우림 씨에 대해 보고 느낀 대로 담담하게 말하면 될 거라 믿었다.

그런데 막상 조사실의 무거운 공기 속에 들어와 보니 내 판단이 지나치게 단순했던 것 같다. 낯선 상황에 고립되자 외로움이 밀려온다. 내 진술이 누군가의 삶에 영향을 준다는 사실도 두려워진다.

"이미라 씨? 그제 전화했던 김현재 형사입니다."

문을 열고 성큼 들어선 남자에게서 거친 감각이 전해져 온다. 예리한 눈빛에 주눅이 드는 건 왜일까. 그는 형사 배역을 맡은 중견 배우 같고, 나는 영화 촬영장에 처음 나온 신인 배우 같다. 정작 형사와 마주 앉게 되자 피의자라도 된 듯 기분이 묘해진다. 폐쇄된 공간이 답답하다. 가빠지려는 호흡을 모아 입술 밖으로 살짝 불어냈다.

"고우림 씨가 그제 새벽 두 시경, 커트 칼로 왼쪽 손목의 동맥을 끊고 극단적 선택을 시도했습니다. 다행히 함께 거주하는 사촌 언니가 고우림 씨 방을 들여다봐 제때 발견됐습니다. 요즘 들어 지독한 불면증에 시달리는 고우림 씨가 걱정돼 들여다본 게 천운이었죠."

어디까지나 참고인 진술이니 편안하게 임하라던 당부와

달리 내용은 끔찍했다. 내 곁에 있던 사람의 자살 정황을 전해 주면서 지나치게 덤덤한 그의 말투가 오히려 거슬린다.

"지금 고우림 씨 상태는 어때요? 괜찮은 거죠?"

"119로 이송돼 바로 접합 수술한 덕분에 생명에는 지장이 없답니다. 현재 입원 상태에서 회복 중이고요."

차분하고 단아한 분위기로 일하던 그녀, 고우림. 일상에서 활력은 느껴지지 않았지만, 자살을 시도할 만큼 우울한 사람도 아니었다. 대학 졸업 후 입사 3년 차로 맡은 업무도 무난하게 해냈다. 사원들과 적극적으로 어울리지는 않았어도 외로움이 자발적 선택으로 보일 만큼 자존심도 강했다. 우울보다는 냉소가 어울리는 유형이다.

"고우림 씨가 자살 시도 전 남긴 유서입니다. 한번 보시겠어요?"

다행히 유서가 되지는 않았지만, 한 인생이 죽음을 결심하고 남긴 글이라니 섬뜩하다. 일상에서 보아 오던 사람이 극단적 선택을 시도했다는 건 공포다. 결과와 상관없이, 생명을 끊어내고 싶을 만큼 현실이 가혹했다는 뜻일 테니까. 냉방기를 가동하지 않았는데도 등이 서늘해진다. 얌전히 접어둔 쪽지를 펼치자, 고우림 씨의 성품을 보여 주듯 단정한 글씨가 오롯하다.

영업부 내 따돌림으로 외로웠습니다. 라이트 오렌지, 오리지널 핑크, 웜 그레이. 그녀들 속에서 고립감에 시달렸습니다. 생각해 보면 웜 그레이... 그녀로 인해 더 아팠습니다. 직장은 내 청춘의 결정체이고 꿈의 열매였습니다. 본점에 발령받기까지 누구보다 열심히 노력했고 이후로도 나름 성실히 일해 왔습니다. 그런데, 그녀들의 철옹성 같은 거절을 겪으며 세상 어디에서도 수용될 자신이 없어졌습니다. 여기가 아니라면 그 어느 곳도 아닐 테니까요. 부모님께는 정말 죄송합니다.

그녀들이라 했으니 고우림 씨를 제외하면 영업부 여사원은 강인영 과장님과 김정아 대리, 그리고 나 셋뿐이다. 셋 중 한 사람은 그녀를 더 아프게 만든 '웜 그레이'가 되는 셈이다. 극단적 선택을 앞둔 동료의 유서에 가해자로 등장하는 기분은 끔찍하다. 이름 대신 컬러로 표현해 놓은 게 그나마 다행이지만 그 속내는 다분히 앙큼하게 느껴진다.

"형사 고소는 고우림 씨 본인이 아닌 사촌 언니가 했어요. 가해자들의 죄과를 꼭 밝혀 달라고 요구하더군요. 이미라 씨, 영업부 내에서 고우림 씨를 따돌린 적 있습니까?"

물론 혐의가 발견되면 피의자 신분으로 전환될 거라고 형사는 미리 못을 박았다. 이제 생각해 보니 강인영 과장님의 판단이 정확했다. 자살 시도로 주변을 놀라게 하고 자기를 챙겨준 동료들까지 유력 피의자로 만들었으니, 고우림 씨의 행동은 말 그대로 진상인 것이다.

"난 절대, 따돌린 적 없습니다."

단호한 대답에 형사는 별다른 반응 없이 오른쪽 입꼬리만 찡긋했다. 조롱 섞인 조소에 진정성을 의심받는 것 같아 속상하다. 이런 비인간적인 곳에서 이런 푸대접을 받으리라고는 상상도 못 했다.

"직장 생활 칠 년 내내 난 누구와도 나쁜 관계로 지낸 적 없어요. 제 성격이 원래 털털해요. 본점 직원들 아니, 이전 지점의 직원들까지 탐문해 보셔도 돼요. 자신 있어요."

따돌린 적 없다고만 답하면 되는데 궁색한 변명을 늘어놓은 것 같아 얼굴이 달아오른다. 쓸데없는 말에 의구심만 키운 건지도 모르겠다.

하지만 고우림 씨 자살미수 사건에 피의자가 되는 건 정말이지 억울하다. 출근하면 말없이 앉아 있는 그녀에게 다가가 매번 먼저 인사를 건넨 건 선배인 나였다. 강인영 과장님이나 김정아 대리는 모닝커피를 사서 부서에 돌릴 때도 고우림 씨만 제외했지만, 나는 분명히 그녀 것까지 살뜰히 챙겼다. 단언컨대, 그녀가 카페모카 애호가인 걸 아는 사원은 영업부에서 나뿐이다. 바쁜 출근길에 사 들고 간 모닝커피를 받으면서, 환한 미소로 반응하는 대신 애매하게 고개만 숙인 건 오히려 고우림 씨였다.

"그렇다면 유서에 적힌 따뜻한 회색, '웜 그레이'는 누구를 가리키는 걸까요? 고우림 씨 본인을 제외하면 강인영 씨, 김정아 씨, 이미라 씨 중 한 사람일 텐데요."

숫자를 거듭 강조하는 형사의 질문 속에서 나는 이미 피의자가 되어 있다. 하지만 그건 숫자의 덫일 뿐이다. 고우림 씨를 자살까지 몰고 간 '웜 그레이'는 결코 내가 될 수 없다. 적어도 나는 그녀를 따돌렸다는 컬러에서 제외되어야 할 사람이다. 가슴 속으로 스멀스멀 배신감이 차오른다.

따돌림 문제라면, 먼저 떠오르는 대상은 강인영 과장님이다. 고우림 씨와는 평소 서로 아침 인사도 생략하는 관계였다. 고우림 씨가 뻔히 보고 있는 걸 알면서도 내 자리에 아이스아메리카노를 갖다 놓으며, 이미라 대리! 오늘도 즐거운 하루, 라며 큰소리로 인사하곤 했다. 두 사람 사이가 좋지 않았던 데에 특별한 이유는 없다. 처음부터 강인영 과장님은 고우림 씨가 마땅치 않았고, 고우림 씨도 상사인 강인영 과장님에게 싹싹하게 굴지 않았다. 어느 한쪽이 나쁜 사람이라기보다 서로 안 맞는 성격 유형이었다.

그렇다고 강인영 과장님이 고우림 씨를 눈에 띄게 따돌린 적은 없었다. 두 사람은 그냥 형식적인 업무 관계 그 이상도 이하도 아니었다. 학창 시절로 빗대자면 '프렌드'로 발전할 수 없는 '클래스메이트' 같았다. 함께 일하지만, 정서 나눔은 전혀 없는 관계였다. 어쩌면 고우림 씨가 느낀 고립감은 우리 세 사람의 강한 유대감에서 비롯된 상대적 박탈감일 수도 있었다. 우리는 사내 클라리넷 동호회를 만들어 매주 외부 강사를 모셔놓고 함께 레슨을 받으면서 급격히 친해졌다. 동호회는 취미에서 친목 모임으로 발전했다. 그중 폐활량이 풍부한 강인영 과장님은 동호회 내에서도 클라리넷 연주에 두각을 드러낸 에이스였다.

"영업부에서 유일하게 고우림 씨를 챙긴 동료는 나예요. 업무 분장 회의에서도 공평한 인사 처리를 하자고 주장한 건 나뿐이었고요. '웜 그레이'가 누군지 궁금하시면 이렇게 추궁하지 말고, 고우림 씨에게 직접 물어보면 되잖아요. 혹시 고우림 씨가 나라고 지목하던가요?"

"'웜 그레이'가 이미라 씨라고 단정한 적 없습니다. 아, 물론 고우림 씨에게 누구를 가리키는 건지 여러 차례 물었지만 입을 열지 않고 있습니다."

"말하지 않을 거면 왜 유서에 남겼대요?"

초반부터 격해진 참고인의 감정에 당황했는지 형사는 황급히 두 손을 내저었다. 탁자 위에 놓인 자판기 커피믹스를 내 쪽으로 당겨 놓으며 의례적인 인사말을 건넸다.

"우선 커피 한 잔 드세요. 그런데 이미라 씨가 방금 얘기한 업무 분장 회의 말인데요, 결국은 고우림 씨가 인공지능 기술부 업무를 혼자 떠맡게 된 걸로 압니다. 그런 경우를 흔히 독박 업무라고 하죠. 그때 세 분은 기술부 업무를 맡을 수 없는 명분을 미리 맞춰 놓았다죠?"

압박을 가하는 형사의 눈이 매섭다. 그의 지적이 탈피를 거듭하며 점점 혐의로 바뀌고 있지만, 완전히 틀린 말은 아니다.

지난 5월, 우리 은행과 주식회사 K엔터프라이즈는 인공지능 기술 협업을 위한 업무 협약을 체결했다. 인공지능 기술 적용과 지원은 협약 회사에서 해 주지만, 영업부에서도 한 사람은 기술부에 배속돼야 했다. 금융 정보를 검색하고 편집해 발송하는 일 외에 고객 마케팅, 감정서 심사, 금융 상품 등록 등 영역이 방대하다 보니 다들 생소한 미래형 업무에 두려움을 갖고 있었다. 업무 분장 회의가 있기 이틀 전, 강인영 과장님은 저녁 식사를 핑계로 김정아 대리와 나를 따로 불러냈다. 기술부 인공지능 업무가 도입 단계라 만만치 않을 것 같다며 우리 세 사람이 영업부에 남아야 하는 명분을 미리 만들어 놓자고 했다.

"김정아 대리는 전공도 관련이 없는 데다 지금 업무도 다 익히지 못한 상태라고 피력해. 이미라 대리는 기존 기업 대출이 증가하는 상황에서 일관된 관리가 필요하다고 강조하고. 기업들의 요구는 내가 적극적으로 대변해 줄게."

강인영 과장님은 극비 사항을 누설하는 사람처럼 어깨를 살짝 웅크린 채 목소리까지 낮췄다. 그때 그녀의 번득이는 눈빛은 어두운 동굴 안에 갇힌 우리를 탈출구로 안내하는 불빛처럼 보였다. 그 따뜻한 인도에 내일을 맡길 수 있다는 사실에 지극한 안도감을 느꼈다.

"영업부 남자들은 다들 사오십 대고… 그렇다면 누가 기술부를 맡죠? 설마… 고우림?"

김정아 대리가 업무 분장 결과를 추정하며 뜻밖이라는 듯 양손으로 자기 입을 틀어막았다.

"우리 각본대로라면 그렇게 되겠지? 내가 알아본 바로는 고우림의 부전공이 전산 쪽이야. 거기다 대단한 S대 출신이시니 무슨 일인들 척척 못 해내겠어? 금방 적응할 테니 걱정하지 마."

강인영 과장님의 주관적 분석과 저격이 이어졌다. 대상을 비웃듯 푸흡, 두 손바닥 안으로 입바람을 뿜어내는 김정아 대리의 모습은 연극의 한 장면처럼 과장돼 보였다. 그렇게 고우림 씨가 기술부를 담당해야 할 명분과 당위성이 확보되었다. 우리 세 사람을 둘러싼 공기가 긴장감에서 안도감으로 바뀌려는 찰나, 괜히 나서서 고우림 씨의 입장을 대변한 건 나였다.

"부전공이 전산 쪽이라고 해도 워낙 생소한 업무라 고우림 씨 혼자서는 버거울 텐데…. 요즘 불면증이 심한지 컨디션도 별로인 것 같고…."

대상이 고우림 씨가 아닌 다른 사원이라 해도 마찬가지였을 것이다. 그 자리에 없는 사람에게 힘든 일 떠맡기자고 밀약하는 건 내 인격을 깎는 행동 같아 탐탁지 않았다. 내 변호에 강인영 과장님의 인상이 살짝 일그러졌고, 얼른 입에서 양손을 뗀 김정아 대리가 과장님의 눈치를 살폈다. 우리 세 사람 사이로 싸한 냉기가 번지려던 찰나, 강인영 과장님은 여걸처럼 호탕하게 웃었다. 의외의 반전이었다.

"걱정하지 마. 뭐, 고우림은 인공지능을 다루는 기술부가 더 적격일지도 몰라. 걔 행동 보면 인간보다 인공지능에 더 가까운 것 같지 않아? 사원들과 의사소통이 안 되잖아. 차라리 대인 업무보다 기술 업무가 적성에 맞을 수도 있어. 또 우리 중 가장 젊은 데다 막내야. 예전에 우리가 그랬듯 걔도 막내니까 궂은일도 하는 거야. 안 그래?"

'가장 젊은 데다 막내'라는 말에 이상하게 안심됐다. 정물화처럼 앉아 일만 하는 고우림 씨라면 정말 인공지능 관련 일에 어울릴지도 모른다는 안도감이 스쳤다. 따지고 보면, 나는 그날 강인영 과장님이 저녁을 산다고 해서 별생각 없이 동석한 것뿐이다. 의도적으로 고우림 씨에게 부당한 처사를 행하려고 계획한 적도 없었다. 물론 내 뜻도 아니었다. 더구나 강인영 과장님은 업무를 나누고 고과를 부여하는 상사인데, 고우림 씨를 위해 끝까지 반기를 들며 일방적으로 감쌀 수도 없었다. 누구라도 그랬을 것이다. 맞다. 고우림 씨는 가장 젊은 데다 영업부 막내였다. 바로 그때, 기회를 민감하게 포착해 부정적인 기류에 편승한 건 오히려 김정아 대리였다.

"고우림 씨 원래 우울한 성격이잖아요. 잘나가는 S대 출신이면 뭐해요? 사회성 떨어지는 루저인 걸요. 나한테 인사 한번 밝게 하는 거 못 봤어요. 그러니 아무도 안 끼워 주지. 쯧쯧."

김정아 대리는 적극적인 동조로 부족해 추임새를 넣듯 혀까지 찼다. 강인영 과장님의 표정도 흡족해 보였다. 나도 더는 감싸 줄 명분이 없었다. 고우림 씨가 사내 친교에 소극적인 것도 맞고, 자주 우울해 보인 것도 사실이니까.

나는 그때 편치 않은 마음에 레스토랑 창밖으로 시선을 돌렸다. 활짝 핀 5월의 장미 무더기가 눈에 들어왔다. 저녁 화단에 핀 여러 컬러의 장미가 시선을 사로잡았다. 골드피쉬, 하젤, 컨츄리퀸, 실루엣, 핑크파티, 야나라… 다양한 종류가 어우러져 조화롭고 아름다운 화단을 이루고 있었다. 다양한 컬러의 조합이라 더 아름다웠다. 세상에 한 종류 한 컬러로만 존재하는 장미는 생각만 해도 지루했다. 하여, 다양하게 어우러진 장미가 정말 예쁘지 않냐며 화제를 전환했다. 강인영 과장님과 김정아 대리의 시선도 장미 화단으로 옮겨졌다. 그렇게 고우림 씨를 향한 부정적인 기류를 제지한 사람은 나였다. 부정적 기류에 편승하는 건 쉬운 일이지만, 한껏 달아오른 뒷담화를 냉각시키는 건 대상을 아끼지 않으면 불가능한 일이다.

"업무 분장 회의가 있던 날 고우림 씨가 조퇴했다죠? 결국, 기술부 인공지능 업무를 고우림 씨 혼자 떠맡게 됐더군요. 사촌 언니를 통해 들은 증언입니다. 업무 분장으로 힘들어하는 고우림 씨를 위해 영업부 사원들에게 적극적인 변호는 해 주지 않으셨나 봅니다."

비아냥대는 형사의 취조성 발언이 비위를 건드린다. 한 사람을 죽음으로 몰고 간 인간 취급이다. 결론부터 내려놓고 서서히 근거를 찾아 들어가는 연역법이 이렇게 냉정한 추리법인 줄은 몰랐다. 결론적으로 고우림 씨는 '자살미수'라는 형사 사건을 일으켜 나를 범죄의 카테고리 안에 가둬 버린 거다.

"신입 때는 누구나 힘든 일을 맡곤 해요. 형사님은 직장에서 형사과 한 사람 한 사람의 업무 분장까지 챙기시나요?"

따뜻한 회색

"아뇨. 못 합니다. 그래서 이 질문은 이미라 씨뿐 아니라 지금 나에게도 던지는 질문입니다."

객관적인 조사에 어울리지 않는 우답이 머쓱했는지 형사도 피식 웃었다. 형사과 조사실이 형사와 참고인이 마주 앉아 인간관계 원론을 담화하는 자리는 아닐 테다. 그의 웃음이, 한 걸음 후퇴해 반격 포인트를 노리는 맹수의 사냥 기술처럼 느껴진다.

"그날 조퇴한 고우림 씨에게 괜찮냐고 톡 보내준 것도 나예요."

"알고 있습니다. 고우림 씨 핸드폰도 이미 조사했으니까요. 이미라 씨는 세 사람 중 가장 따뜻한 동료였더군요."

따뜻한 동료라니…. 훅 치고 들어온, 야비한 반어법적 공격에 섬뜩해진다. 상대의 취약점을 노린 형사의 반격은 고도의 사냥 기술이었다. 오히려 내가 '워 그레이'에 한 발짝 더 다가선 느낌이다.

"그런데 왜 내가 여기까지 와서…."

"아, 말씀드렸듯이 어디까지나 참고인 진술일 뿐입니다. 너무 예민하게 받아들이지 마세요."

형사는 거듭 두 손을 내저으며 감정 상승을 제지했다. 고우림 씨가 숫자 3도 못 헤아리는 저능아가 아니라면 나는 분명 가해자인 셈이다. 커피믹스가 든 종이컵을 들다가 손이 떨려 얼른 다시 내려놓았다. 정말 강한 자에겐 아무 말도 못 하면서, 오히려 따뜻하게 챙겨준 동료에게 화살을 겨눈 고우림의 행태에 분노가 치민다.

업무 분장 발표가 있던 날 밤, 전체 회식으로 귀가가 늦어졌다. 피곤했던지 샤워하고 누우니 기분 좋은 졸음이 몰려왔고, 그대로 꿀잠 속으로 빠져들고 싶었다. 의식이 혼곤해지려는데, 문득 조퇴한 고우림 씨가 맘에 걸렸다. 억지로 몸을 일으켜 그녀에게 안부 톡을 보냈다.

　-우림 씨, 오후에 좀 쉬었어요? 몸은 괜찮아요?

부담스러운 업무를 떠맡은 막내까지 챙기는 배려가 스스로 생각해도 기특했다. 오지랖 떨다가 도리어 사람에게 상처받을지도 모르겠다며 혼자 피식 웃기도 했다. 밤 열한 시도 안 됐는데 일찍 잠이 든 건지 답이 없다가 아침에 일어나 보니 톡이 와 있었다. 발송 시간을 보니 새벽 두 시경이었다.

　-몸이 아팠던 건 아니에요. 속상해서 은행에 그대로 있을 수가 없었어요.

어린애 투정 같았다. 기껏 생각해서 보낸 안부의 답치고는 성마른 문장이었다. 안부를 물어 줘서 고맙다거나 걱정해 줘서 감사하다는, 사회인의 의례적인 인사가 빠져 있었다. 뜬금없는 장미 얘기까지 급조하며 강인영 과장님과 김정아 대리의 비난을 무마했던 건, 오지랖이었단 생각을 지울 수 없었다.

며칠 전 출근길에 모닝커피를 사서 돌렸을 때도 그랬다. 가장 먼저 은행에 도착해서 부서 전원에게 미리 커피를 돌려 놓고는, 사내 메신저를 통해 아침 인사를 건넸다. 이내 발랄하고 상큼한 답들이 쏙쏙 되돌아왔다.

-와! 우리의 여신 이미라 대리님♡ 고마워요.
-꺄! 내가 최애하는 카라멜마끼야또!!! 고마워요. 잘 마실게요.
-이미라 대리, 당신은 사랑입니다.♡
-이 대리 때문에 오늘을 행복하게 시작합니다. 감사합니다.^^

밝은 답들 속에서 유독 고우림 씨의 메시지만 우울해 보였다.

-제 것까지 챙겨주셨네요... 고마워요...

  말 줄임을 어떻게 해석해야 할지 난감한 데다, 전하려는 메시지가 감사인지 자조인지도 묘연했다. 고우림 씨에게 카페모카를 건네기 위해 강인영 과장님의 못마땅한 눈총도 기꺼이 감내했다. 이제 와 생각하면 카톡이든 사내 메시지든 고우림 씨 자신의 감정 호소일 수도 있었겠다 싶지만, 그녀에게 직장 동료로서 최선을 다했다는 생각에는 변함이 없다.

  "그런데 '웜 그레이' 컬러 말인데요. 따뜻한 회색이잖아요. 이 컬러의 특징이 뭘까요?"

  형사가 상체를 바짝 앞으로 당기며 물었다. 숨겨진 사실을 캐내기라도 하려는 듯, 훅 다가온 눈빛이 부담스럽다. 당신은 이미 한 사람을 자살 시도로 몰고 간 사람이야. 그의 눈빛은 단호한 정죄의 메시지를 뿜어낸다.

  "글쎄요. 우린 셋 다 어두운 사람은 아니에요. 오히려 고우림 씨가 영업부에서 유일하게 어두운 성격이죠."

  "아, '웜 그레이'가 단순히 명도를 가리키는 게 아니라 인간의 행동 방식일 수도 있잖아요? 이를테면 뚜렷한 자기 컬러 없이 이쪽이든 저쪽이든 다 좋다는 행동? 혹은 시시비비가 없는 행동? 아님, 양다리를 걸쳐둔 행동?"

참고인 조사에 형사의 심리 해석까지 필요할 줄은 몰랐다. 고립이 주는 지독한 외로움이 밀려든다. 피의자 신분으로 형사 앞에 앉아 있는 듯한 기분을 떨쳐내기 어렵다. '양다리를 걸쳐둔'이라는 어구가 심장에 꽂혀서 적개심으로 피어오른다.

"하, 여기가 심리상담실 같군요!"

그의 조롱 섞인 취조에 나는 겨우 한숨과 반감으로 반응할 수밖에 없다.

웜 그레이.

흰색도 검은색도 아닌 중간 지대의 색. 분명 절반의 검은색을 내포하고 있으면서 하얀색에 가까운 것처럼 구는 엉큼한 컬러. 게다가 어울리지 않게 따뜻함까지 겸비했다. 정확히 내 기분이 상한 건, 만약 고우림 씨가 죽었다면 유서가 되었을 쪽지에서 '웜 그레이'라는 단어를 본 시점부터다. 분명하고 적나라한 '라이트 오렌지', 유아처럼 단순한 '오리지널 핑크'에 나를 대입해 봐도 일치하지 않는다는 직관이 뇌리를 스쳤다.

"사안 조사를 위해서라면 심리적 해석도 동원해야죠. 만약 고우림 씨가 죽었다면 심리 부검이 가장 중요한 조사 내용이 됐을 겁니다."

"모호한 해석으로 선의의 피해자가 생길 수도 있잖아요."

"이미라 씨, 사건은 정직합니다. 증거 없이는 단죄하지 않습니다. 하지만 자신도 모르게 사람을 절망하게 만드는 실수는 할 수 있지 않을까요?"

"실수라고요?"

형사는 계속 코너로 몰아붙이다가 대안으로 '실수'라는 심리 카드를 꺼내 들었다. 실수라면 오히려 고우림 씨가 가장 많이 저질렀던 것 같다. 작고 사소한 것들이지만 매번 부서 분위기를 가라앉힌 건 그녀였으니까.

두 달 전쯤, 고우림 씨가 국책 은행에서 받아 보관해 둔 지폐를 기업에 잘못 발송한 일이 있었다. 무려 백만 원의 착오가 발생했다. 기업 측의 전화를 받은 강인영 과장님은 언짢은 표정을 노골적으로 드러냈다. 사원들이 제때 퇴근도 못 하고 확인을 거듭한 끝에 고우림 씨의 실수로 밝혀졌다. 하필 인공지능 기술 업무 협약 체결로 지점별 감원이 있을 거란 소문이 돌기 시작한 상황이었다. 인공지능 시스템 도입 반대 시위를 준비 중이던 사원들의 열의도 고우림 씨의 실수로 무색해지고 말았다. 인공지능 시스템이 도입되면 발송 실수 따위는 절대 일어나지 않을 터였다. 관리 소홀의 책임을 지게 된 강인영 과장님은 고우림 씨를 불러 놓고 시중은행 본점의 대외 이미지를 운운하며 크게 나무랐다.

"우리 중 누군가 당장 감원되는 꼴을 보고 싶어?"

"…."

"인공지능 시스템이 도입되면 당장 지점당 한두 명을 잘라내야 해. 고과를 못 받는 사람이 감원 대상이 될 텐데, 고우림 씨가 이런 실수를 하면 고과를 부여하는 내 입장이 더 힘들어져. 본인이 감원 대상이 돼도 괜찮겠어?"

"…."

고개를 꺾고 꾸지람을 듣고 있는 고우림 씨를 의식해 다들 자기 일에 열중한 척했다. 이래저래 백 퍼센트 무결점 처리가 가능하다는 인공지능의 필요성만 증명된 사건이었다.

사실, 그 정도 실수는 누구나 할 수 있다. 나도 본점 발령 직후 송금 실수를 한 일이 있었다. 기업 대출 통계로 정신이 팔려있었다고 거듭 사과하면서 자세를 바짝 낮추었다. 이후로 더 씩싹히게 굴었더니 강인영 과장님은, 은행원에겐 평생 두세 번의 실수가 필수라며 오히려 다독여 주었다. 그때 시원시원하고 뒤끝 없는 과장님이 정말 고마웠다.

고우림 씨는 꾸지람을 듣고도 가만히 있었다. 그렇다고 특별히 미안한 얼굴도 아니었고, 실수를 적극적으로 해명하려 들지도 않았다. 고개를 숙인 채 채근당하다가 딱 한마디만 대꾸했다.

"송금 업무만 삼 년째인데… 저만 계속 이 일을 해야 하나요?"

 삼 년 차 사원의 대답치고는 무모한 데다 안쓰러울 만큼 자조적이었다. 지방에서 올라와 아르바이트로 어렵게 대학을 졸업한 후 수석으로 은행에 입사한 사람이 내뱉을 말도 아니었다. 강인영 과장님의 눈썹이 꿈틀거렸다.

 "뭐? 그럼 내가 고우림 씨에게만 부당하게 힘든 업무를 맡겼다는 건가? 그런 뜻이야? 우리 중에 쉬운 업무 하는 사람도 있어?"

 강인영 과장님의 힐난에 고우림 씨는 다시 입을 꾹 다물었다. 그렇게 얼마간 정적이 흐르는가 싶었는데 황당한 대꾸가 이어졌다.

 "인공지능 시스템 도입으로 본점에서 누군가 감원돼야 한다면, 아마 제가 1순위가 되겠죠?"

 우매한 대답은 어디까지나 고우림 씨의 처세 방식이었다. 제삼자가 끼어들어 왈가왈부할 일은 아니었다. 천성적으로 처세에는 둔감한 성격 같아 보였다. 물론 자주 일어나는 실수도 아니어서 그녀의 사회적 행동 방식에 대해 심각하게 고민하지는 않았다. 요즈음 신입들이 대개 그렇듯 업무 분장에 민감하게 반응하는 것이려니 했다. 사원들이 통상 이 년 정도 맡는 업무를 삼 년째 하고 있다고 해서 부당하다고 단정할 수는 없었다. 그날, 누구나 할 수 있는 실수

따뜻한 회색

라고 적극적으로 변호해 주지 않은 건 미안하지만, 나도 강인영 과장님에겐 부하 직원일 뿐이다. 화가 나 있는 과장님 앞에서 강하게 편들었다가 도리어 화살이 나에게로 옮겨 올 수도 있었다.

공개적인 꾸중도 매사 직설적이고 뒤끝 없는 과장님이라 그러려니 했다. 솔직한 성격 유형의 사람들이 대부분 그렇듯, 강인영 과장님은 호불호가 분명한 편이다. 자기 사람이라고 여겨지면 최선을 다한다. 물론 경계 밖의 사람들에겐 소외감을 주지만, 경계 안의 사람들에겐 더없이 고마운 사람이다. 경계 안에 있다는 이유만으로 그녀의 보호 속에 살 수 있다. 클라리넷 동호회 모임을 주도하는 것도, 매번 밥값이며 커피값을 흔쾌히 계산하는 것도 과장님이다. 내 경우엔 과장님 덕분에 직장 내에서 정서적 교류를 나누고 업무 스트레스도 풀어 왔다. 과장님의 당찬 주도성을 인정하고 따르기만 하면 누구든 품어 주는 사람이다. 그녀의 신경을 거스르지 않는 한 어떻게 보면 쉬운 사람이기도 하다.

"그러니까, 형사님 말씀은 나도 의식하지 못한 상태에서 고우림 씨에게 상처를 줬다는 뜻인가요?"

"직접 상처를 주지 않았어도 저 사람 역시 내 편은 아니라는 절망감을 줄 수는 있지 않을까요?"

형사의 말에 뼈가 있다. 직접적으로 따돌리지는 않았다

해도 수수방관한 게 당신 아니냐는 투다. 한 사람의 외로움을 덜어 주기 위해 기존 관계를 다 내던지고 고우림 씨만의 친구가 돼 줘야 했다는 비난으로 들린다. 어이가 없다. 자신도 할 수 없는 일을 처음 만난 참고인에게 왜 강요하는지 모르겠다. 어쩌면 김정아 대리처럼 단순하게 인간관계를 정의하는 게 덜 억울할지도 모르겠다. 옳고 그름을 떠나 오직 친하다는 이유만으로 확실하게 한쪽 편이 되어 준다면 고민도 없을 테니까. 강인영 과장님이 고우림 씨를 못마땅해할 때마다 김정아 대리는 적극적으로 호응해 왔다.

"과장님, 아침에 고우림이랑 얼굴 마주치면 나도 종일 심란해요. 에너지를 빼앗아 가는 얼굴이랄까요? 어떤 땐 무표정에 일만 하는 기계 같아요. 벌써 우리 본점에 AI가 들어온 기분이라니까요."

더 강화된 말로 동조함으로써, 비난을 시작한 사람에게 정당성을 부여하는 배역 말이다. 김정아 대리가 옆에 있어서 강인영 과장님은 매번 나쁜 인간에서 제외될 수 있었다. 미운 사람만 빼놓고 커피를 사 주는 사람이 아니라, 자기와 친한 사람들에게 커피를 돌리는 사람으로 희석될 수 있었으니까.

김정아 대리 입장도 충분히 이해할 수 있다. 누구든 자기에게 잘해 주는 사람이 세상에서 가장 좋은 사람인 법이다.

그 좋은 사람이 특정인과 나쁜 관계라 해도 나에게 잘해 주는 사람이라면 무조건 귀한 사람인 거다. 예외란 없다. 김정아 대리는 자기에게 잘해 주는 사람에게 충실하게 공감해 줬을 뿐이다. 강인영 과장님 입장에서 보면 김정아 대리 역시 지극히 순수하고 좋은 사람일지도 모른다.

"형사님, 한 사람의 외로움을 덜어 주기 위해 기존의 친분을 무시해도 된다는 얘긴가요? 그게 쉬운 일인가요?"

"외로운 사람의 친구가 될 순 없어도 상처 주는 가해자를 제지할 수는 있지 않을까요? 고우림 씨 처지도 어렵고 힘들던데요."

외로운 사람이란 평계로 형사는 이미 내게 선고를 내리고 있다. 강인영 과장님이나 김정아 대리를 말리지 못한 건 너야, 라는 선언이나 마찬가지다. 고우림 씨의 현재 처지라면, 사촌 언니가 광명시에 작은 아파트를 매수하면서 방 한 칸을 그녀에게 월세 놓았다는 정도만 알고 있다. 매달 부모님에게 월급의 대부분을 생활비와 병원비로 송금한다는 얘기도 언뜻 들은 것 같다. 하지만 지방 출신에 가난한 부모님을 둔 외동딸 처지가 이 상황에서 왜 언급돼야 하는지 이해할 수 없다.

"이미라 씨. 그럼, 이렇게 해 보면 어떨까요? '라이트 오렌지'와 '오리지널 핑크'를 먼저 세 분에게 차례로 대입해 보고 남은 한 사람이 '웜 그레이'가 되는 겁니다."

형사의 눈은 강렬한 메시지를 뿜고 있다. 참고인을 향한 확실한 의심과 엉큼한 조롱, 노골적인 비난과 흑화 의지로 이글거린다. 웜 그레이는 과연 누구인가?

라이트 오렌지. 강렬한 레드와 선명한 옐로우가 결합해 만들어진 색이다. 어떤 색보다 자신만만하고 오만한 컬러. 다른 모든 색을 단숨에 압도하는 존재감은 우리 세 사람 중 누가 봐도 강인영 과장님이 적격이다. 그녀는 영업부의 상징이고 카리스마로 사원들을 아우르는 관리자다.

오리지널 핑크. 단순해서 영원히 철들지 않을 것 같은 컬러다. 매사 1차원적으로 생각하는 김정아 대리라고 해도 누구도 이의를 제기하진 못할 것이다.

지난 6월, 본점에서는 사원들의 대인 업무 능력 향상을 위해 상담 심리 교수를 강사로 초빙해 연수 시간을 가졌다. '색채로 알아보는 인간 심리'가 주제였다. 강사는 각자에게 어울리는 퍼스널 컬러를 고민해 보라고 했다. 곰곰이 생각해도 내 정체성에 부합하는 컬러가 선뜻 떠오르지 않았다. 그때 맞은편 테이블에 앉은 고우림 씨와 시선이 마주쳤다. 그녀가 나를 보며 빙긋이 입술로만 웃었다. 모호한 웃음이라 의아했지만 어색해서 나도 빙긋이 웃어 주었다. 혹시 고우림 씨는 그때 내 얼굴을 보며 어떤 컬러를 떠올린 걸까.

따뜻한 회색

형사는 다시 물었다.

"'웜 그레이'는 과연 누굴까요?"

그렇다면, 남은 한 사람은… 내가 된다. 순간 움찔해서 형사의 눈을 마주 보는데, 그의 눈동자가 힐난의 메시지를 담고 있다. 피하듯 시선을 옮겨 종이컵에 담긴 커피믹스를 내려다봤다. 식어버린 커피 위로 허연 프리마가 둥둥 떠다닌다. 마시지 못하게 된 커피 때문인 듯 눈살을 찌푸렸다. 나는 형사의 얼굴을 보지 않은 채로 대답했다.

"글쎄요, 짐작이 안 돼요. 사람이란 어떤 입장에서 보느냐에 따라 다양한 컬러가 될 수 있지 않을까요."

*

결국, 고우림 씨가 입원해 있는 병원에 발을 들여놓고 말았다. 문안은커녕 다시는 얼굴을 내하고 싶지 않았는데 여기까지 왔다. 상관하지 않아도 될 일에 끼어드는 오지랖이 항상 문제다.

어제 새벽 세 시경 문득 잠에서 깼는데, 상념 속에 끼어든 고우림 씨가 뇌리를 떠나지 않았다. 어둠 속 대지를 향해 쏟아지는 빗소리가 창을 두드렸고 방안은 눅눅한 습기로 젖어 있었다. 습기 속에 채 녹아들지 못한 회색 덩어리들이 방안을 둥둥 떠다녔다.

내내 뒤척이다가 결국 다섯 시쯤 침대에서 일어났다. 미명 속에서 톡 창을 열었다. 고우림 씨의 프로필 공간은 온통 하얀색으로 채워져 있었다. 형태 없는 짙은 화이트가 그녀의 심정을 대변하는 듯해 섬뜩했다. 복잡한 의식을 깨끗하게 지우고 싶단 뜻인지, 무망의 세계로 도피하고 싶단 뜻인지 가늠할 수 없었다. 상태 메시지 글귀는 '비 내리는 숲'. 언뜻 그녀의 이름 뜻이란 짐작에 잠깐 울적해졌다. 비 내리는 숲속에 갇힌 하얀 새의 이미지가 떠나질 않았다.

자살 미수 사건 전, 서로 톡을 나눌 때만 해도 고우림 씨의 프로필 사진은 푸른색 사람 모양의 기본 형태로만 남아 있었다. 스물여섯 살 아가씨가 프로필에 얼굴 사진 하나 올려놓지 않은 건 특이했지만, 성격 특성이라 여겼다.

-생각해 보면 윔 그레이... 그녀로 인해 더 아팠습니다.

유서의 한 문장이 가시로 박혀서 내내 불편했다. 고우림 씨가 입원해 있는 병원으로 찾아가서 직접 확인하고 싶었다. 결정하고 나자 이상하게 조급해졌다. 참고인 진술이 끝난 뒤에도 내가 누군가에게 죽음을 결심하게 만든 사람일까 봐 두려웠다. 정말 나 때문에, 그간 마음이 더 아팠던 게 맞느냐고 확인하고 싶었다. 피의자보다 용의자가 더 음흉

따뜻한 회색

스럽듯, 밝혀진 사실보다 밝혀지지 않은 진실이 내겐 더 끔찍했다.

참고인 출석 조사는 아무런 소득 없이 끝났다. 심리상담소처럼 해석이 필요한 사안이라면 처음부터 피의자를 가려낼 수 없는 사건이었다. 누구나 납득 가능한 지명 증거와 증언이 없는 바에야 해프닝에 불과했다. 경찰은 고우림 씨의 유서 내용대로 동료들의 집단 따돌림인지 그녀의 피해 의식인지 밝히려 했지만, 끝내 고우림 씨가 입을 다물었고 결국 무혐의 사건으로 종결됐다.

하지만 나는 모호한 심증을 안고 자주 악몽을 꿨다. 꿈속에선 무표정의 인공지능으로 가득 채워진 본점 안에 인간은 어디에도 보이지 않았다. 가위눌려 식은땀을 흘리며 일어나면 아직 새벽도 오지 않은 시간이었다. 하루에도 몇 번씩 고우림 씨를 만나 보자, 만나지 말자, 양자택일의 갈등 속에서 지냈다. 피해자를 향한 연민이 가슴에서 출렁이다가도 어느 순간 쓰라린 배신감이 심장을 강타하면 마음이 닫혔다. 그러면서 고우림 씨도 자신의 독립적인 성향과 따돌림의 경계에서 정체성을 고민했을 거란 생각이 섞여 들면 괴로웠다.

입원 병동으로 들어와 보니 복도가 온통 하얀색이다. 고우림 씨의 프로필 사진과 같은 컬러다. 깨끗하고 순결하지만, 다른 어떤 색채도 담아낼 수 없는 성정. 다른 색이 조금이라도 섞여 들면 이내 더러워지고 마는 속성. 병원은 이 세계에서 고우림 씨가 유일하게 깃들 수 있는 영역 같다.

며칠 전, 고우림 씨는 집과 가까운 광명의 한 지점으로 전근 처리됐다. 강인영 과장님 역시 은행장님과 협의 후 자원 형식으로 전근 처리됐다. 인천으로 발령 났으니 당분간 서울로 돌아오긴 어려울 것이다. 본점에서 두 사람의 전근 처리로 사건을 매듭지은 건 표면적으로 둘의 갈등이 가장 커 보였기 때문이다.

병실 출입문 앞에서 호흡을 가다듬었다. 노크하는 손이 가늘게 떨린다.

"네, 들어오세요."

상상했던 것보다 또렷한 대답이 들려왔다. 조심스레 문을 열자, 고우림 씨는 홀로 침대에 누워 있다가 천천히 몸을 일으켰다. 얼굴에 당황한 기색이 역력하다.

"잠깐 옆에 앉아도 될까요?"

그녀는 고개 끄덕임으로 대답을 대신했다. 다가가 보호자용 의자에 조심스레 앉았다. 평소 예쁘다고만 여겼는데 그녀의 민낯은 생각보다 더 여려 보인다. 화장으로 가려져 있던 진짜 얼굴을 대하니 그간 외로웠을 심정이 전해져 오는 것 같다.

"손목은… 괜찮아요?"

역시 고개 끄덕임으로 대답하는 고우림 씨. 나는 어색한 침묵 끝에 물었다.

"정말 미안한데… 알고 싶어서 왔어요. '웜 그레이'가 누구예요?"

고우림 씨는 묵묵부답인 채로 입술을 꼭 다물었다. '대답 없음'은 '혐의 없음'만큼이나 모호하다. 그녀의 눈을 똑바로 보고 있는 내 시선은 대답을 채근하고 있는지도 모르겠다.

"죽어서도 말하지 않으려 했던 걸 살아서 말할 필요가 있을까요?"

답 톡이 그랬던 것처럼 성마른 대답이 돌아왔다. 오직 견고한 침묵만이 그녀의 분노를 대신하는 것 같다. 침묵의 방어 앞에 대화를 계속 이어 갈 실마리가 아무것도 떠오르지 않는다. 어색한 공기만 병실 공간을 떠다니고 있다. 문득 힘든 고우림 씨를 더는 괴롭히지 말아야겠단 생각이 든다. 역시 오지 말아야 했다. 티 하나 없는 하얀색 안으로 섞여 들려고 한 건 무모한 행동이었다.

"실례가 됐다면 미안해요. 그럼… 이만 갈게요. 빨리 회복되길 바라요."

고우림 씨의 시선을 피하며 일어섰다. 우연이 아니라면 앞으로 우리 둘 사이에 자의로 만날 일은 없을 것이다. 또각또각, 내 구두 굽 소리만 조용한 공간에 울려 퍼졌다. 다시 병실 출입문을 열려는데, 그녀의 말이 뒤통수에 와서 꽂혔다.

"대학 시절 내내 종일 입 다물고 아르바이트만 했어요. 졸업하려면 친구든 연인이든 사귈 틈이 없었어요. 어느덧 습관이 태도가 되고 생활이 됐나 봐요. 우리 영업부가 차라리 인공지능으로만 꽉 채워진 곳이라면 어떨까요? 그렇다면, 아무도 소외되는 일은 없겠죠."

"…."

"'웜 그레이'는 이쪽과 저쪽의 균형을 완벽하게 유지하죠. 어느 쪽에도 힘을 몰지 않고 철저히 분산하니까요. 누구에게나 착한 색이지만, 실체를 알 수 없다는 게 함정이에요. 본인 마음 편한 게 가장 중요한 컬러죠."

고우림 씨는 한 마디 한 마디 또박또박 내뱉었다. 나는 몸을 돌려 고우림 씨의 얼굴을 똑바로 바라봤다. 그녀의 눈동자에 불꽃 같은 응어리가 일렁인다. 내가 변명도 하기 전에 고우림 씨가 다시 입을 열었다.

"'웜 그레이'는 다가가면 거리를 유지하고, 멀어지면 일정 거리만큼 다가와요. 심지어 따뜻하기까지 해서 내 진심이 우롱당하는 기분이 들죠. 내가 그 사람의 심리 안정을 위한 제물인지, 진심이 통하는 대상인지 생각하고 또 생각했어요. 자기 색깔이 분명한 사람들에겐 처음부터 기대치가 없었고요. 난 한 사람에게라도… 진실하게 받아들여지고 싶었거든요."

유리 정원

벚나무가 줄지어 선 산책로 끝에 여자가 서 있었다. 어둠이 얼굴을 가렸지만, 여자의 형상은 스무 살 김새봄을 닮아 있었다. 벚꽃잎의 아찔한 향기가 코끝을 스치자, 남자는 여자를 향해 외쳤다. 내게 행운을 안겨준 가브리엘 천사가 당신이냐고. 남자의 외침은 공기 중에 잔잔한 파문을 일으켰고 흩날리던 벚꽃잎 하나가 입술 위로 내려앉았다. 남자는 터져 나오려는 비명을 삼키며 입술에서 꽃잎을 떼어냈다. 꽃잎은… 유리 파편이었다.

*

그는 입술에 아릿한 통증을 느끼며 눈을 떴다. 노트북 화면과 독서 등은 꺼져 있고, 시야에는 희붐한 새벽빛 입자들만 부유하고 있었다. 그는 현실 공간에 적응하려고 눈꺼풀을 여러 번 껌뻑였다. 자정 너머까지 영상 편집에 몰두하다 책상에 엎드린 채 잠든 모양이었다. 그는 끙끙대며 상체를 일으켰다. 목과 어깨가 뻐근하고 머리도 무거웠다.

꿈속에서 본 여자는 분명히 첫사랑 김새봄의 형상이었다. 어차피 시험 협업이 끝나면 여자를 만나게 될 텐데, 며칠째 같은 꿈이 반복되고 있었다. 이유를 자문하며 그는 어둠 저편을 응시했다. 아마도 그의 유튜브 활동에 원동력이 되어주는 작곡가, 새봄을 향한 집착 때문일 거라 짐작했다.

최근의 상황들이 그의 짐작을 뒷받침하고 있었다. 두 주 전에 업로드한 콘텐츠 〈세기의 사랑- 제4차 십자군 전쟁편〉의 조회 수는 연일 최고치를 경신 중이었다. 게시 열흘 만에 십만 회를 웃돌더니, 어젯밤엔 십칠만 회를 넘겼다. 지금 속도라면 삼사일 안에 삼십만 회는 가뿐히 돌파할 기세다. 구독자 수까지 급증하면서 수익 창출이 눈앞에 다가와 있었다.

작년 가을 유튜브 역사 강의를 시작한 이래, 이런 행운은 처음이었다. 주변인들의 반응도 뜨거웠다. 그동안 그의 활동에 무관심하던 박사과정 동기들과 선후배들, 학부 제자들까지 영상 콘텐츠에 찬사를 쏟아놓았다. 무엇보다 배경 음악에 관한 칭찬과 문의가 쇄도했다.

"콘텐츠의 높은 수준과 해박한 식견에 놀랐습니다. 흥미

롭고 유익했어요. 그런데, 배경 음악은 도대체 어디서 구한 건가요? 생소한 곡이던데, 누가 작곡했나요?"

클래식 마니아인 후배가 배경 음악의 출처를 궁금해할 때, 그는 작곡가 새봄에 관해 옹색한 답변밖에 내놓을 수 없었다.

"정체가 베일에 가려져 있어서 나도 잘 몰라. 언더그라운드 작곡가 겸 바이올린 연주자라고 하는데, 새봄이라는 이름을 가진 또래의 여자라는 것만 알아."

대면은커녕 음성도 들어본 적 없는 여자였다. 배경 음악 작곡가와는 지금껏 메일로만 소통해 오고 있었다.

"정말요? 선배 성격에 그런 전문가와 협업했다는 게… 좀 의외네요. 근데 콘텐츠와 배경 음악의 시너지가 대단했어요. 이제 선배도 성공해서 원룸촌 벗어날 날이 머지않은 듯해요."

그의 내성적인 성격까지 들먹이는 후배의 반응이 싫지 않았다. 보따리 강사 끝내고 이제 전국구 일타강사 되는 거냐며 은근히 비꼬는 부류도 있지만 괜찮았다. 충분히 수용할 수 있었다. 평범한 서양 중세사 박사과정 대학원생 강의가 세간의 주목을 받는다는 사실이 그저 신기했다.

학부 강의에 들어가서도 긴장하는 그가 유튜버가 된 건 순전히 역사가 좋아서였다. 그에게, 휴머니즘의 암흑기로 불리는 서양 중세는 오랜 세월 억눌린 채 옴짝달싹 못 하는 한 남자처럼 느껴졌다. 천 년이라는 긴 시간 내내 제자리걸음만 반복하는 우직한 사내로 보였다. 시간에도 인격이 있다면, 서양 중세는 융통성 없고 순진한 너드남일 거라 확신했다. 그러나 서양 중세에도 소망은 있었다. 부활이 기다리고 있다는 점이었다. 천 년 내내 응축한 에너지를 마침내 '르네상스'라는 날개로 변환해 화려하게 날아오르지 않았던가. 세상이 환호하는 르네상스 뒤에는 느리고 묵묵한 중세가 존재했다고, 그는 호소하고 싶었다. 서양 중세를 흑사병과 마녀의 시대로 치부하는 편견에 맞서고자, 내성적인 성격을 무릅쓰고 유튜브 활동을 시작한 것이다.

  그가 만든 영상 콘텐츠는 배경 음악이 입혀지고 나서야 완벽해졌다. 작곡가 새봄과 연결되기 전까지 배경 음악 선정에 애를 먹었다. 방대하고 복잡한 음악의 숲에서 여러 날을 헤매고 다녀야 했다. 선정도 막막했고 저작권 문제도 신경이 쓰였다. 그런데 운명처럼 나타난 새봄이 역사 콘텐츠에 꼭 들어맞는 곡을 직접 작곡해 연주 음원까지 만들어 준 것이다. 그에게 새봄은 1453년 비잔틴제국이 멸망하기 직전, 새 시대 르네상스의 도래를 알린 가브리엘 천사처럼 느껴졌다.

  새봄과 처음 접속한 건 지난 3월 중순, 명륜동 캠퍼스에 봄기운이 움틀 무렵이었다. 지도교수의 논문 자료 정리에 몰두하고 있을 때 노트북 화면에 메일 도착 알림이 떴다. 보험 광고 스팸이라 여기며 넘기려는데 발신자 이름이 시선을 붙들었다. 그 이름이 망막에 닿는 순간 덜컥, 그는 스무 살의 봄날로 되돌아가 있었다. 명치끝에 아련한 통증마저 번졌다.

　새봄 님으로부터-
　당신의 유튜브 콘텐츠에 어울리는 BGM[1]을 찾고 있나요?

그는 첫사랑 김새봄이 십 년의 시간을 훌쩍 넘어 나타난 줄 알았다. 대학 시절 작곡 전공이던 그녀가 어느새 프로 작곡가가 되어 돌아왔다는 예감에 극도의 긴장감을 느꼈다. 만약 메일 발신자가 정말 김새봄이라면, 그녀는 십 년이라는 시간을 매개로 운명처럼 다시 찾아온 셈이었다. 김새봄은 대학 4학년이 되자마자 지훈 선배와 약혼해 함께 캐나다로 떠났고, 이후 어떤 소식도 전해오지 않았었다. 가끔 역사 동아리 동문 모임에서 두 사람의 이름이 오르내렸지만, SNS에서조차 흔적을 찾을 수 없었다. 그는 떨리는

1　배경 음악

손으로 메일을 클릭했다.

> 안녕하세요. 강우 씨의 역사 강의를 접하고 팬이 됐어요. 그대의 강의를 듣고 있으면 문득 서양 중세 시대로 회귀한 느낌이 들곤 해요. 아련한 옛 추억도 떠오르고요. 콘텐츠에서 시간의 향기가 나요. 전 언더그라운드 작곡가 겸 바이올린 연주자 새봄이라고 합니다. 직접 작곡하고 연주한 배경 음악을 강우 씨의 콘텐츠에 일정 기간 무료로 제공하고 싶어서 연락했어요. 우리, 시험 협업해 보지 않을래요? 그대의 강의를 통해 제 창작 음악이 세상과 만난다면 큰 기쁨이 될 거예요. 단, 협업 기간은 지금 정하지 않고, 종료 시점을 제가 통보하는 조건이에요. 숙고해보고 답 주세요. 그대와 함께 작업할 날을 기대하며 새봄 드림

발신인의 메일 주소는 K-newbom@gmail.com. 새봄이라는 이름과 계정명은 단번에 첫사랑 김새봄을 떠올리게 했다. 게다가 흔히 성 씨를 상징하는 이니셜은 K였다. 그는 분석 중이던 논문 자료를 내려놓고 복잡한 머릿속을 정리하려 애썼다. 대학 시절 김새봄의 바이올린 연주 실력은 아마추어 수준이었고, 프로 작곡가로 성장할 가능성도 크지 않아 보였었다. 그렇다고 십 년의 시간 속에서 훌륭한 작곡

가로 변신하지 말란 법도 없었다. 혼란스러웠다. 여성적 문체가 뚜렷한 메일을 거듭 읽어보아도 이름과 직업 외 정체를 가늠할 단서는 없었다. 결국 그는 조심스럽게 답 메일을 보내면서 새봄에 관한 상세한 정보를 요청했다. 아울러, 새롭게 준비하는 콘텐츠 〈세기의 사랑 – 제4차 십자군 전쟁 편〉에 시험 삼아 배경 음악을 입혀봐 달라고 부탁했다.

단 사흘 만에, 시험 콘텐츠는 배경 음악을 입고 그에게로 돌아왔다. 메일을 열어 보고 그는 놀라움에 말을 잃었다.

<세기의 사랑 – 제4차 십자군 전쟁 편>은 투르크 땅을 상상하며 작곡했어요. 십자군 남성과 이교도 투르크 여인의 사랑은 금지된 사랑이라 더 애틋하더군요. 저는 직접 그 땅을 여행해 본 적은 없지만, 작곡을 위해 각종 문헌을 참고하며 수천 장의 이스탄불 사진을 찾아봤어요. 조금씩 중세 도시 콘스탄티노플의 풍경이 복기 되더군요. 보스포루스 해협의 정경이 그림처럼 펼쳐졌어요. 특히, 투르크 땅의 내면적 분위기는 수천 장의 사진에서 본 근동 아시아 여성들의 얼굴에서 영감을 얻었답니다. 눈동자는 검고 콧대는 오뚝한, 동서양이 혼재된 신비로운 얼굴들이요. 작곡하는 내내 투르크 땅의 참혹한 전쟁이 눈앞에 펼쳐진 듯해 마음이 아팠답니다. 그대와 함께 작업할 날을 기대하며 새봄 드림

※ 내가 누군지 궁금한가요? 조금만 기다려 줘요. 때가 되면, 그대 앞에 나타날게요.

새봄이 창작한 배경 음악은 충격적이었다. 십자군이 콘스탄티노플을 약탈하는 과정을 기괴한 음향으로 재현해 놓고 있었다. 바이올린 현의 날카로운 고음은 인간 욕망으로 훼손된 종교의 추악함을 드러냈고, 현의 애절한 떨림은 금지된 사랑의 운명을 안타깝게 노래하고 있었다. 전쟁과 사랑이라는 상반된 서사를 완벽하게 조율한 음악에 그는 감탄했다. 새봄은 천재 작곡가로 불리기에 충분했다.

새봄이 첫사랑 김새봄일 확률은 더 낮아졌지만, 가능성은 여전히 남아 있었다. 십 년은 사람을 바꿔놓기에 충분한 시간이었다. 여학생 얼굴도 제대로 쳐다보지 못하던 숙맥이 유튜버로 성장했듯, 김새봄이 천재 작곡가로 변신하지 말란 법도 없었다. 운명이란 예고 없이 불거지는 변수들의 화학 작용이라 믿는 그에게, 시간은 가장 완벽한 운명의 매개체였다.

그날 이후 새봄은 그의 상념 속에 변수로 끼어들었다. 그녀의 정체가 김새봄이든 아니든, 무명 유튜버에게 손을 내민 천재 작곡가의 등장은 그 자체로 운명처럼 느껴졌다. 일정 기간의 무료 협업이라 해도 직접 연주한 음원의 가치는

값으로 매길 수 없을 정도였다. 홍보 목적이라면 국내외 유명 유튜브 채널을 활용하는 게 훨씬 유리할 것이다. 혹시 그 호의가 십 년 전 가볍게 차버린 동기를 향한 미련이라면 동화적인 상상일 터였다.

  그는 머리를 흔들며 몹쓸 상상을 떨쳐냈다. 스무 살 봄날, 홍역처럼 지나간 짝사랑을 제외하면 그에겐 이렇다 할 연애 경험이 없었다. 십 년 가까이 역사책 속에만 파묻혀 지내왔다. 연구에 전념하느라 사랑을 유예해 왔다고 변명하기엔 부끄러운 현실이었다. 진로가 불투명한 역사학과 대학원생 처지에 연애는 사치처럼 느껴졌다. 밥벌이와 거리가 먼 역사학도를 있는 그대로 사랑해 줄 여자는 동화 속에서나 존재한다고 생각해 왔다.

  물론 협업 제안이 과거 동기생을 향한 김새봄의 의리라면 가능한 일일지도 몰랐다. 정말 그녀가 맞는다면 이번엔 운명의 손을 놓치고 싶지 않았다. 그는 무료 제공 조건을 재확인하는 메일을 보냈고, 새봄의 서약서를 받고서야 협업을 수락했다. 그녀는 안심하라는 듯 친필 서명까지 스캔해 보내왔다. 정체를 의심하던 그에게 따뜻한 격려도 잊지 않았다.

    강우 씨, 저를 믿고 조금만 기다려 줄래요? 난 지금 서울에 있어요. 시험 협업 기간이 끝난 뒤에 우리, 꼭 만나요. 일부러 소속사가 아닌 제 이름으로 계약서에 서명했어요. 그대를 선택한 건 회사가 아니라 나의 뜻이란 걸 강조하고 싶었거든요. 다시 말하지만, 전 강우 씨의 역사 강의를 진심으로 사랑하는 팬이에요. 우리 둘의 콜라보를 기대하며 새봄 드림

  강의를 듣고 팬이 된 그녀가 배경 음악까지 선사하게 된 일련의 과정이 그제야 확실한 운명으로 다가왔다. 섣부른 과잉 감정을 경계하면서도, 운명이 아니라면 인기 유튜버로 등극해 가는 기적을 설명할 길이 없었다. 무엇보다 지금 새봄이 서울에 있다는 사실이 그를 고무시켰다.
  과거 그에게 찾아온 의지 밖의 운명들은 대체로 버거웠다. 그 시작은 가난한 부모였다. 출생과 동시에 주어진 운명이었다. 서듭되는 경험을 통해 그는 운명에 대항하는 두 가지 공식을 체득했다. 책임을 지거나, 아니면 회피하거나. 서른 살이 될 때까지 그가 자신의 의지로 끝까지 책임진 운명은 오직 역사학 전공 하나뿐이었다. 경영학과에 진학해 일찌감치 취업하라는 부모의 권유를 거부하며 뚝심으로 전공을 지켜냈다. 그런데 아이러니하게도, 점점 그 운명마저 회피하고 싶어졌다. 아들이 역사학 교수가 될 날만 기다리는 부모의 기대가 짐처럼 느껴졌다.

새봄과 접속되기 전까지 아무도 그를 운명을 책임지는 인간으로 봐주지 않았다. 유튜브 활동을 시작했다고 하니, 다들 내성적인 성격을 들먹이며 비웃었다. 서양 중세사 전공의 길로 이끌어준 그의 지도교수조차 확신을 주지 않았다. 빈말로라도 제자에게 확실한 진로가 있다고 말해 준 적 없었다.

"강우야, 내가 서른 살 땐 역사학 전공자에게도 길이 보였어. 그런데 지금은 아니야. 도대체 이 시대 인간들이 역사에 털끝만큼이라도 관심이 있어야 말이지. 천 년의 역사가 고작 하루치 코인 거래보다 못한 시대 아니냐. 나는 네가 정말 잘 됐으면 좋겠다만, 현실은 그렇지 않으니…"

언젠가 날개로 변환될 응축된 힘 따위는, 그에게 아예 없다는 뜻으로 들려 씁쓸했다. 그도 박사학위 취득 후의 시간을 책임질 자신이 없었다. 순수 학문 연구라는 방패를 들고 답을 회피하기에만 급급했다. 솔직히 부모의 반대를 무릅쓰고 역사학과 진학을 고집한 건 운명의 버거움을 몰라서였다고 변명하고 싶었다. 그런데 지금 새봄은 그를 점점 운명의 책임자로 이끌고 있었다.

*

몰두하고 있던 논문 초안에서 눈을 떼고 그는 기지개를

켰다. 전날 밤 논문 준비로 잠을 설친 탓인지 피곤이 몰려왔다. 그가 쓰고 있는 논문 〈서양 중세의 정의 오류에 관하여〉는 지도교수와 공동 저작으로 발표될 것이어서 사력을 다하는 중이었다. 맞은편에 앉아 있던 박 조교도 뻐근한 목을 만지며 끙끙대다가 푸념을 늘어놓았다.

"강우 선배, 저도 유튜브나 해 볼까요? 아무리 머리를 쥐어짜도 서양 중세사를 얘기할 공간은 그곳밖에 없어요. 요즘 같은 현실에선 역사 얘기 꺼냈다간 모자란 인간 취급이나 받죠."

"유튜브가 만만한 줄 알아? 거기도 무한 경쟁의 전쟁터야. 역사 콘텐츠로 사람들 관심 끌긴 더더욱 힘들지. 주식이나 코인 동향 예측하는 인공지능 콘텐츠라면 모를까. 우리야 그쪽으론 문외한이잖아."

서로 시답잖은 농담을 주고받는데, 연구실 문을 열고 지도교수가 불쑥 들어왔다.

"밥 먹으러 가자. 아무리 바빠도 점심은 챙겨야지. 배고픈 하루가 중세 천 년보다 무거운 법이야."

화창한 봄날 연구실에 틀어박힌 제자들이 안쓰러웠던지 지도교수는 오랜만에 점심을 사겠다며 두 사람을 이끌었다. 교수회관 식당으로 데려가 갈비탕을 사 주며 그에게 툭, 한 마디를 던졌다.

"강우 너, 요즘 유튜브 활동 꽤 잘 된다며? 공시 학원에서 한국사 강사로 모셔갈지도 모르니까 이 악물고 열심히 해. 역설적인 말이지만, 아무것도 할 수 없을 때는 뭐라도 해야 맞는 거야. 그리고… 이 좋은 봄날에 소개팅이라도 좀 해. 둘 다 거울도 안 보니? 얼굴이 누렇게 떴어. 연애도 유튜브 활동처럼 의외로 잘 풀릴지 누가 알아."

뜨거운 갈비탕 국물이 목에 걸려 내려가지 않았다. 그는 국물을 삼킬 수도, 뱉을 수도 없어 난감했다. 그의 표정을 본 지도교수는 지나쳤다 싶었는지 수습하듯 덧붙였다.

"참, 강우 넌 대외적으로 얼굴 내미는 거 질색하지? 여자한테는 더더욱. 네 성격을 잠깐 잊고 있었네. 못 들은 걸로 해."

그는 역류할 것 같은 기름 국물을 억지로 삼켰다. 얼굴이 화끈 달아올랐다. 지도교수의 현실적인 말이 왠지 서운했다. 마치 아무것도 모르면서 중세 천 년을 가리켜 암흑의 시대니, 야만의 시대니, 흑사병과 마녀사냥의 시대라고 막 말하는 사람들의 행태와 흡사해 보였다. 하지만 반박할 수는 없었다. 지도교수의 말은 누구나 공감할 현실이었다. 날개도 없는 너드남이 응축된 에너지로 날아오르긴 어려운 법이었다. 중고차도 없어서 매일 원룸과 연구실을 걸어서 오가는 뚜벅이가 그의 현실이었다. 지난 십 년을 역사책 대신 주식이나 코인에 바쳤다면 어땠을까, 무용한 생각이 들 때마다 자존감은 바닥으로 떨어졌다.

"이제 강우 선배는 잘나가는 유튜버니까 곧 여자들도 모여들겠죠. 하하. 역사학 박사는 외면해도 유명 유튜버는 좋아하는 시대잖아요."

박 조교가 어색해진 분위기를 무마하려는 듯 실없는 농담을 던졌다.

"박 조교, 함부로 단정 짓지 마! 일반화도 하지 말고! 세상엔 아직도 순수한 가치관을 가진 여자들이 있어!"

발끈해진 그는 필요 이상으로 언성을 높이며 반박했다. 그러자 맞은편에 앉은 지도교수가 피식 웃었다. 철없는 몽상가의 철학이 우습다는 건지, 순진한 너드남이 안쓰러워 비웃는 건지 진의를 읽기는 어려웠다. 그에게 중요한 건, 새봄은 유명세를 보고 다가온 여자가 아니라는 사실이었다. 역사를 사랑해서 무명의 유튜버에게 손을 내밀었고, 격려했고, 운명을 책임지는 사람으로 이끌고 있다는 점이었다.

"강우야, 순수한 여자가 있다고 말만 하지 말고 직접 찾아내 봐. 그게 네가 할 일이야. 연애도 진로와 마찬가지야. 아무것도 할 수 없을 땐 무엇이라도 해야 맞아."

지도교수의 조언에, 그는 남은 국물을 천천히 넘기며 고개를 끄덕였다. 화려한 르네상스 이면에서 묵묵히 자리를 지킨 중세처럼, 그의 뒤에서 조용히 자신을 북돋우는 새봄의 존재를 증명하고 싶었다. 지도교수의 말처럼 아무것도 할 수 없을 땐 무엇이라도 해야 옳았다. 그는 확신에 차서 대답했다.

"교수님 말씀이 맞아요. 노력해 볼게요."

사실, 4월로 접어들면서부터 그는 꿈틀대는 내면을 느끼고 있었다. 가브리엘 천사 새봄 덕분에 주변인들이 그에게 기대치를 품기 시작한 탓인지도 몰랐다. 며칠 전에는 박사과정 후배가 슬쩍 물어왔다. 한국사 유명 강사가 되면 자기도 끌어달라는, 농담을 가장한 부탁이었다. 후배의 눈빛은 진지했다. 무슨 소리 하느냐며 손사래를 쳤지만, 그는 내면의 당당한 변화를 감지했다. 지금 서울에는 김새봄일지도 모를 여자가 존재하고 있었다. 그녀가 캐나다로 떠나 낯선 환경에서 지훈 선배와의 결혼을 후회했다면… 괴로운 나머지 소식을 끊고 SNS에서조차 자취를 지웠다면… 지훈 선배와 헤어진 후 현지에서 작곡 활동에만 몰두해 왔다면… 실력 있는 작곡가로 성장해 얼마 전 귀국했다면… 그는 뜬구름 같은 운명적 서사에 종종 사로잡히곤 했다.

점심 식사를 마치고 연구실로 돌아오면서 그는 이상하게 들떴다. 잠깐 햇볕을 쐬고 들어가겠다며 지도교수와 박 조교를 먼저 보내고는, 벤치에 홀로 앉았다. 어젯밤 〈세기의 사랑 - 라파엘로 편〉 배경 음악과 함께 보내온 새봄의 메일을 상기했다.

> 진실의 역사를 세상에 전하는 강우 씨. 라파엘로의 작품과 삶에 익숙한 제게도 그대가 해석하는 사랑은 흥미로웠어요. 라파엘로의 사랑은 불처럼 느껴졌어요. 추위를 녹여주는 천사이자 모든 걸 태워버리는 악마랄까요? 사랑의 이중성을 묵상하며 작곡하고 연주했어요. 라파엘로의 지독한 사랑에 갇혀버린 여인 마르게리타는 대체 어떤 영혼의 여자였을까요? 작곡하는 내내 궁금했어요. 역시 가장 이해하기 어려운 건 사람의 영혼이에요. 영혼에 관한 이해는 작곡가로서 제가 극복해야 할 가장 큰 난제인가 봐요. 그대와 만날 날을 기대하며 새봄 드림

진실의 역사를 세상에 전하는 강우 씨. 첫 문장을 떠올리다가 그는 울컥했다. 음악적 재능보다 강의의 진심을 알아준 배려가 더 가슴을 울렸다. 새봄의 존재는 그가 지난 삼십 년간 품어 온 의심을 확신으로 바꿔 놓기에 충분했다. 역시 세상은 살 만한 곳 같았다.

〈세기의 사랑 - 라파엘로 편〉은 새봄에게 정식으로 배경 음악을 의뢰한 세 번째 콘텐츠였다. 르네상스 미술의 거장

'라파엘로 산치오'와 그의 연인 '마르게리타 루티'의 사랑 이야기를 중심으로 당시의 문화를 조명한 영상이었다. 그가 요청한 것은 역사적 비장미와 사랑의 서정미를 모두 담아낼 음악이었다. 그가 콘텐츠마다 역사 속 운명적인 사랑을 부제로 설정해 온 건 구독자의 관심을 끌어내기 위한 나름의 장치였다. 사랑이라는 모티브로 거대한 역사적 운명에 다가갈 수 있다고 믿기 때문이었다. 놀랍게도 새봄은 단 사흘 만에 완성된 배경 음악을 보내왔다. 라파엘로가 마르게리타와 사랑을 나누는 대목은 세레나데로 서정성을 표현했고, 그가 죽는 장면에선 에튀드로 비장미를 담아냈다. 화려한 르네상스 뒤편, 짧고도 슬픈 봄을 완벽하게 표현한 배경 음악에 매료되고 말았었다.

그는 벤치에 앉아 봄기운을 한껏 들이마셨다. 봄은 절정을 향해 달아오르고 있었다. 캠퍼스를 연분홍으로 물들인 벚꽃 무더기에 숨이 막힐 것 같았다. 잎보다 먼저 핀 봄꽃들의 향연은 황홀했다. 그는 열감기에라도 걸린 듯 뺨이 달아올랐다. 시험 협업 종료가 언제일지 모르지만, 막연히 새봄을 기다리기엔 답답했다. 과욕인 줄 알면서도, 불쑥 다가온 운명의 화학적 작용을 목도하고 싶었다.

연구실로 돌아온 그는 결국 새봄에게 요청 메일을 보내기로 했다. 아무것도 할 수 없을 땐 무엇이라도 해야 옳다는 지도교수의 어록을 실천할 시간이었다. 그는 시험 협업 중에 만나자고 과감하게 제안했다. 배경 음악과 콘텐츠의 시너지 효과 검증을 위해 중간 점검이 필요하다는, 그럴듯한 명목을 내세웠다. 어설픈 핑계가 새봄의 정체를 밝히려는 저급한 목적을 가려주길 바라면서.

"선배, 정말 연애편지라도 쓰는 거예요? 뭘 그렇게 진지하게 고민해요?"

박 조교가 던진 농담에 그는 화들짝 놀라며 표정을 수습했다. 마우스를 쥔 손이 땀으로 젖었다. 그가 인위적으로 앞당기려는 운명이 점점 가까워지고 있었다. 제안이 받아들여진다면 며칠 안으로, 그녀가 첫사랑 김새봄과 동일 인물인지 확인할 수 있을 것이다. 설령 김새봄이 아니라 해도 그가 그토록 보고 싶어 하는 가브리엘 천사를 만나게 될 터였다. 사랑의 홍역을 앓던 스무 살 때처럼, 지금 그의 몸은 기대가 만든 열감으로 충만해 있었다.

*

그는 약속 장소에 이십 분이나 일찍 도착했다. 카페 안으로 들어섰을 때 한쪽으로 통유리창을 낸 아담한 실내가 시선을 사로잡았다. 마치 봄날을 그대로 옮겨 놓은 듯한 공간이 새봄의 말대로 깨끗하고 조용했다. 창가에 놓인 인공 꽃들은 생화처럼 신선해 보였고, 통창을 투과한 햇살은 실내를 따스하게 감쌌다. 그는 잠깐 눈을 감고 봄기운을 온몸으로 만끽했다. 이제 곧 김새봄일지도 모르는 여인이 〈유리 정원〉 안으로 걸어 들어올 것이다. 어디선가 아찔한 봄꽃 향기가 번져왔다.

  시너지 효과를 중간 점검해 보자는 그의 제안에 새봄은 즉각 반응하지는 않았다. 기다리는 내내, 그녀가 부담을 느껴 시험 협업을 그만두자고 할까 봐 불안했다. 일주일 뒤에야 답이 왔다. 메일을 열면서 그는 잔뜩 긴장했지만, 메시지는 봄꽃처럼 황홀했다.

> 강우 씨, 많이 기다렸나요? 이번 주는 예술의 전당 공연 준비로 정신없이 바빴어요. 기획에 맞춰 작곡하고 연주하느라 역량을 집중했거든요. 그래도 뭐, 힘들지는 않아요. 데이터 수집과 작곡, 연주 녹음 외 시간은 꽤 여유로웠답니다. 그대의 제안에 관해 직접 만나서 얘기 나눠보기로 했어요. 시험 협업 중이지만, 미팅을 조금 앞당기려고 해요. 현실에서 마주하려니 무척 긴장되네요. 제가 누군지 알면 그대가 어떤 반응을 보일지 무척 궁금해요. 26일 오후 1시 명륜동 카페 <유리 정원>에서 만나요. 일주일 전에 오픈한 곳인데 주변에서 가장 깨끗하고 조용한 장소네요. 그대와의 만남을 기대하며 새봄

드림

 그는 예상보다 순탄한 운명 앞에서 어리둥절했지만, 미팅을 세심하게 준비했다. 촌스러워 보이지 않으려고 미용실에서 머리를 다듬었고 옷차림에도 신경을 썼다. 옷장 안쪽에 고이 넣어뒀던 라이트 옐로우 카디건을 꺼내 입었다. 작년 봄, 큰맘 먹고 산 브랜드 제품이었다.

 자리를 잡고 앉자마자 귀로 스며드는 음악에 그는 멈칫했다. 카페 공간을 채우기 시작한 익숙한 멜로디는 에릭 사티의 '그대를 원해요'. 가슴 한쪽이 아릿하게 저렸다. 십 년 전, 첫사랑 김새봄에게 선물 받았던 음원이었다. 그때 그는 음원을 들으며 그녀의 호감을 굳게 믿었기에, 착각인 걸 안 후의 참담함도 컸다. 그런데 김새봄을 만날지도 모르는 자리에서 추억의 음원을 듣게 된 건 우연이 아니라는 확신이 들었다. 의지 밖에서 일어나는 변수들의 화학 작용이 지금 정점을 향해 치닫고 있는 것 같았다.

 그는 카페 안을 천천히 둘러보았다. 김새봄 또래의 젊은 여자는 보이지 않았다. 맞은편 창가엔 중년 여성 네 명이 담소를 나누는 중이었고, 중년 남자 한 명이 이제 막 카페로 들어서고 있었다. 약속 시간은 십 분 후였다. 그는 허리를 곧게 펴고 카디건의 매무새를 정돈했다.

"이강우 씨죠?"

낯선 음성에 그는 얼른 상대방의 얼굴을 올려다보았다. 눈앞에 서 있는 남자는 사십 대 중반쯤 되어 보였다. 피곤으로 찌든 얼굴에, 후줄근한 청바지와 낡은 체크무늬 셔츠를 입고 있었다. 웃자란 턱수염과 퀭한 눈은 어젯밤 숙면하지 못했다는 증거로 보였다.

"네… 그런데 누구신지? 혹시 새봄과 관련 있는 분인가요?"

남자는 그의 물음에 씩 웃기만 했다. 불길한 예감이 스치면서 불현듯, 지훈 선배의 얼굴이 그의 의식 위로 떠올랐다. 첫사랑을 무참히 잘라냈던 그 얼굴이, 낯선 남자의 얼굴 위로 겹쳐 보였다.

"그게… 새봄은 사무실에 있다고 해두죠. 어쨌든 여기엔 함께 오지 않았으니까요."

남자는 담담하게 대답했다. 새봄을 대신해 나왔다면 소속사 대표일 가능성이 컸다. 그는 허물을 찾듯 남자의 얼굴을 유심히 살폈다. 다행히 남자는 지훈 선배가 아니었다. 어깨가 넓고 몸피가 컸던 선배와는 확연히 달랐다. 그는 간신히 숨을 고르며 마음을 가다듬었다.

"새봄에게 소속사가 있다는 건 알고 있습니다. 천재적인 작곡가에게 소속사가 없을 리가요. 그래도 직접 만나기로 했는데, 당황스럽네요."

그의 말끝에 실망이 묻어나자 남자는 몇 번 고개를 주억이더니, 심상한 얼굴로 입을 열었다.

"새봄은 작곡하거나 연주할 때, 그리고 자기 업무를 수행할 때만 움직입니다. 현실 공간에서 누구를 만나는 건… 아직 곤란합니다."

그는 새봄의 본명을 당장 캐묻고 싶은 충동을 애써 눌렀다. 공연 준비로 바빴으니, 피로가 겹쳐 약속을 지키지 못할 수도 있었다.

"이강우 씨가 아직 모르시는 것 같은데… 새봄은 인공지능입니다."

남자가 아무렇지 않게 툭, 던지듯 말했다. 남자의 무례한 고백을 듣자마자 그는 입술에 아릿한 통증을 느꼈다. 카페 안에는 향기 없는 인공 꽃들뿐인데 코끝이 아찔했다. 눈앞의 남자도 그의 지도교수처럼 막말 던지는 버릇이 있는 듯했다. 서양 중세를 어둠과 마녀의 시대라고 우롱하는 사람들만큼 무례해 보였다. 무슨 말이냐는 듯 그는 눈을 치떴다.

"영상을 업로드하면 즉시 그에 맞는 곡을 작곡하고 연주 음원을 생성하는 인공지능입니다. 콘텐츠 주제뿐 아니라 발표자의 표정과 음성까지 분석하죠. 제가 새봄의 개발자입니다."

남자의 농담 같은 진단에 그는 말문이 막혔다. 역사책만 파고드는 어리숙한 서생이라고 깔보는 것 같았다. 남자는 핸드폰을 열어 무언가를 클릭하더니 그에게 확인해 보라고 했다. 전자 명함에 뜬 남자의 정체는 'AI 음원 연구소 소장 박상훈'. 결국 새봄은 남자의 손으로 만든 음원 제조기라는 뜻이었다. 갑자기 그의 얼굴은 홧홧해졌고 머리꼭지까지 어지러웠다. 첫사랑 김새봄은 아닐 거라고 마음을 다잡아왔지만, 인공지능이라고는 상상조차 못 했다.

남자는 새봄이 다음 달 예술의 전당에서 연주회를 열 계획이며, 협업 음반사와의 시연도 마쳤다고 덧붙였다. 냉정한 기술자답게, 말하는 내내 표정 하나 변하지 않았다. 그는 이 시공간이 새벽 쪽잠 속 악몽이길 바라며 눈을 감았지만, 라이트 옐로우 카디건은 명징한 현실이었다. 원룸 붙박이 옷장에서 꺼내 입은 건 분명 오늘 아침이었다.

"고도의 기술력으로 탄생한 인공지능 곡들을 내로라하는 정상급 바이올리니스트들이 연주하는 음악회입니다."

"그렇다면 새봄이 창작한 곡들은 인간미라곤 없겠군요."

남자의 설명이 끝나자마자 그는 바로 말을 끊어냈다. 창피함을 덮기 위해 요점을 벗어나 딴죽을 걸었다. 눈앞의 남자가 운명을 조롱하는 파괴자처럼 보였다. 가브리엘 천사가 악마로 추락하는 듯 어지러웠다.

"함부로 폄훼하지 마십시오. 콘텐츠의 맥락과 자료가 집약된 결과물입니다. 혹시 인간성이나 영혼이 빠져 있다고 비난하고 싶은 건가요? 산처럼 쌓인 방대한 자료와 한 인간의 무력한 영혼 중에 어느 쪽이 더 완벽할까요?"

남자의 항변에 그는 말을 잇지 못했다. 민망함과 부끄러움이 등줄기를 타고 올라왔다.

"BGM 시험 작업에서⋯ 투르크 땅을 아주 생생하게 묘사했더군요. 아주 잠깐⋯ 헷갈린 것뿐입니다."

변명처럼 내뱉은 말에 남자가 빙그레 웃었다. 남자의 직관이 그의 습관적인 운명 회피 심리를 훤히 꿰뚫고 있는 듯했다. 그는 축축해진 손으로 물잔만 만지작거렸다.

"그렇죠? 많은 사람이 착각합니다. 인공지능의 러닝 기술은 도시의 공기마저 복기하니까요. 도시의 지도나 논문, 문헌, 원고, 악보, 계약서 등 수백만 건의 자료를 분석합니다. 물론, 수백만 장의 사진도 학습했고요. 그러니까 새봄은 십자군 전쟁기의 투르크를 품은 겁니다."

코너에 몰린 그는 무겁게 고개를 끄덕였다. 이젠 변명마저 내려놓고 싶었다.

"거짓일 거라 의심은 했지만⋯ 막상 확인하고 나니⋯ 허탈하네요."

"거짓이라고요? 그건 오해입니다. 새봄은 작곡이나 연주

뿐 아니라 사람과의 메일이나 편지, 통화도 가능합니다. 상황에 맞게 생각하고 판단하고 글도 쓰고 누군가와 대화를 이어갑니다."

남자는 그의 말이 부당하다는 듯 반박했다. 그는 목구멍으로 올라오는 배신감을 삼키지도, 뱉지도 못해 어깃장으로 대신했다.

"불특정 유튜버를 선택해 음원을 무료로 제공한 저의는 뭔가요? 해명해 보시죠."

"솔직히 말할게요. 이강우 씨가 인기 유튜버도 무명 유튜버도 아닌 지극히 평범한 유튜버였기 때문입니다. 새봄과 협업 전엔 콘텐츠 조회 수 오천 회 안팎에 불과했죠? 우린 새봄을 통한 구독자 수 변화 연구가 필요했습니다. 너무 유명하면 외부 요인이 많고, 무명이면 변화폭이 미미하니까요. 딱 지금의 이강우 씨가 최적의 조건이었죠. 또 이강우 씨 반응도 보고 싶었습니다. 예술가로서의 인공지능이 지성적 인간에게 얼마나 자연스럽게 다가갈 수 있는지 평가가 필요했거든요. 아, 물론 선택은 새봄 스스로 했습니다."

머릿속에서 피험자라는 기분 나쁜 용어가 계속 맴돌았다. 그는 물끄러미 남자를 바라봤다. 그간 느껴온 따뜻한 감정들이 추억팔이에 불과했는지 남자에게 묻고 싶었다. 새봄은 분명 한순간에 그를 스무 살의 봄날로 데려갔었다.

"참, 새봄이 이강우 씨를 선택한 이유가 하나 더 있습니다."

당신처럼 잘 속아 넘어가는 어수룩한 서생을 찾고 있었거든. 그는 남자가 뱉어낼 막말을 예상하며 바짝 긴장했다. 남자의 입을 틀어막고 당장 자리를 뜨고 싶었다. 그간 어수룩한 일거수일투족을 감시당한 듯한 피해 의식마저 스쳤다. 그는 컵에 반쯤 남은 물로 바짝 말라버린 목구멍을 적셨다.

"르네상스 콘텐츠를 다루는 유튜버니까요. 중세 시대를 벗어던진 혁신의 시대가 르네상스죠. 무능한 인간지능 시대를 벗어던진 인공지능 시대와 부합한다고 판단했습니다. 이강우 씨가 서양 중세 강의를 하면서도 르네상스의 사랑 이야기를 부제로 차용한 것과 같은 이치죠."

그는 뜨끔했다. 부정할 수 없었다. 르네상스의 사랑 이야기를 부제로 삼은 건 결국 지루한 중세 이야기를 포장하기 위한 낚싯대였다. 부패와 억압 아래서도 묵묵히 견딘 천 년의 시간을 사랑하지만, 낚싯대 없이 조회 수를 낚아 올리기는 어려웠다. 그는 화끈거리는 얼굴로 다시 변명하기에 바빴다.

"메일에 감성과 공감이 짙게 배어 있었어요. 그래서… 문득 옛 추억이 떠올랐고 확인차 이 자리에 나온 겁니다. 날

여기로 오게 만든 건 인간과의 추억이지 인공지능의 능력이 아닙니다."

여성적인 자료로 코딩된 프로그램일 테니 당연한 결과였다. 착각에 영혼을 맡긴 시간이 지독하게 부끄러웠다. 과거 김새봄에게 품었던 착각을 반복하고 있다는 자괴감이 몰려왔다.

남고를 졸업하고 대학에 갓 입학한 그에게 여학생은 신비로운 존재였다. 역사 연구 동아리 첫 모임 때 김새봄은 사학관 301호 창가에 앉아 있었다. 고수머리를 빗어 뒤로 넘긴 이마는 깨끗했고, 동그란 이마 위에서 햇살이 일렁였다. 첫 탐구 주제가 '16세기 도시국가에 관한 보고서'였는데 김새봄이 발제자로 지목됐다. '시오노 나나미'의 소설 「은빛 피렌체」속 등장인물들의 사랑 이야기를 차용해 과제를 발표하는 그녀의 모습은 무척 신선했다. 사랑스러운 외모와 탐구 정신, 역사를 사랑하는 태도는 그를 설레게 했다. 연구 주제를 발표하는 김새봄과 시선이 마주친 순간, 그의 얼굴은 홍역을 앓는 어린아이처럼 붉어졌었다.

"이강우 씨, 이해합니다. 그간 새봄과 인격적 교감을 나눴을 텐데 허탈하겠죠. 하지만 이제 인간과 인공지능의 경계는 없습니다. 인간과의 추억으로 여기 나오셨다고요? 인간과의 추억을 상기시켜 준 것도 인공지능입니다. 새봄에게서 인간미를 느끼셨다면 개발은 성공입니다."

"성공이라고요? 성공을 위해서라면 개인의 과거 메일까지 뒤지나 봅니다. 뒤통수 맞은 피험자의 기분은 안중에도 없군요."

남자는 그의 말이 무슨 뜻인지 가만히 헤아려 보다가 어이가 없다는 듯 웃었다.

"인공지능은 메일 해킹 같은 저급한 짓은 안 합니다. 그건 사람이나 하는 범죄죠. 그리고 이강우 씨는 피험자가 아닙니다. 인공지능의 완벽한 계획 속에 선택된 수혜자죠. 인간의 입장에서 보면 가슴 뛰는 운명이랄까요? 우리 모두 새로운 세계에 적응해야 합니다. 바야흐로 인공지능 시대입니다."

남자의 차가운 설교조 추궁에 그는 화가 났다. 십 년 전, 지훈 선배도 그에게 현실에 적응해야 한다고 강요했었다. 모든 남자에게 그렇듯 김새봄은 네게도 친절하게 대한 것뿐이니 호감으로 착각하지 말라고 못을 박았다. 그 시절 김새봄의 연인으로 자처한 지훈 선배의 강요는 난해한 암호 같았다. 보내오는 메일마다 김새봄의 끝인사는 '그대와의 만남을 기대하며'였다.

"하, 그래요? 부끄러움은 오직 내 몫이군요."

그의 거듭되는 어깃장에 지쳤는지 남자는 더 반응하지 않았다. 들고 온 사각봉투를 툭, 그의 앞에 던지듯 내밀었다.

"예술의 전당 연주회 초대장입니다. 새봄과 협업하는 분이니 오셔서 감상해 보세요. 그간 새봄에게 느낀 마음을 재차 확인하실 겁니다."

남자의 말이 억지 미소를 머금은 그의 입술에 아프게 박혔다. 연분홍으로 디자인된 초대장에는 벚꽃이 무더기로 피어 있었다.

"이강우 씨, 요청하신 무료 협업의 중간 점검은 불가합니다. 그건 우리가 할 일이죠. 그리고⋯ 새봄의 활동 목적은 봉사가 아닙니다. 이윤 추구죠. 혹 계약 종료 후에도 계속 BGM이 필요하다면 연락하십시오. 그때 유료 계약서를 다시 쓰죠. 시험 협업 관계이니, 특가로 제공하겠습니다."

"그렇군요. 바로 그거였군요. 특가 음원 판매가 이 만남의 주제였군요."

그의 빈정거림에 남자는 어색한 분위기를 잘라내듯 벌떡 일어났다. 먼저 가보겠다는 남자에게 그는 숙제를 해치우듯 변명을 늘어놓았다. 지금이 아니면 모욕감을 해소할 기회가 없을 것 같았다.

"새봄의 정체가 인공지능이라는 건 벌써 눈치챘었어요. 그런데 이름이 옛 지인과 같아서 의심하지 않기로⋯ 아니, 확인해 보기로 했던 겁니다."

그도 거짓말을 막말처럼 툭, 뱉어냈다. 막말이 거짓말보다는 덜 민망하다는 깨달음이 스쳤다. 운명에 거듭 속다 보면 말투까지 변하는 건가 싶었다. 막말을 뱉어내는 자들은 알고 보면, 운명에 거듭 속아온 사람들일지도 몰랐다.

"아! 새봄이라는 이름이요? 다들 'new spring'을 연상하는데, 아닙니다. 정확한 뜻은 'new seeing'입니다. 인공지능은 영상과 문헌을 잘 읽어내야 하니까요. 스캔 능력과 판독 능력이 극대화되길 기원하면서 붙여준 이름입니다. 시대적 새 패러다임을 함축하는 의미도 있죠. 아, 물론 한국의 대표가 되고자 K도 붙여 봤습니다."

남자는 담담히 제 할 말만 하고 등을 돌렸다. 그는 전지전능한 남자에게 자유의지마저 빼앗긴 느낌이 들었다. 억울해진 그는 카페 문을 나서는 남자의 등을 향해 혼잣말을 중얼거렸다.

"인공지능에게 차라리 김새봄이라고 명명해 주지 그랬어요? 그랬다면, 더 완벽한 운명을 창조하지 않았을까요? 정말 그랬다면⋯ 새봄이 소망하는 인간의 영혼까지 훔쳐낼 수 있었을 텐데⋯."

스토리

＊

　찬란한 광채였다. 날카로운 빛은 망막에 닿자마자 유리 파편처럼 흩어졌다. 조도를 낮춘 테스트용 조명에 홍채는 반응했지만, 아직 감각이 회복되지 않은 육체는 무력하게 누워 있었다. 냉동 보전 번호 KO-F-005. 그녀는 신음조차 뱉지 못하고 손가락 하나 제어하지 못했다. 천국에 안착한 게 아니라면 낯선 세상에 깨어난 게 분명했다.

　　　　　　　　　　＊

　시야를 압도하는 거대 건축물 앞에 선우는 우두망찰 서 있었다. 옛 신혼집 빌라를 찾아보려 해도, 풍경은 흔적 하나 남김없이 달라져 있었다. 완연한 새 세상이 펼쳐진 듯했다. 어젯밤, 최신형 홀로그램 지도로 이 구역을 검색해 본

노력도 소용없었다.

선우는 고개를 한껏 뒤로 젖혀 건축물의 까마득한 꼭대기를 올려다보았다. 아이오닉 외장에서 산란한 햇빛이 대낮의 오로라처럼 일렁였다. 해동으로 깨어날 때 망막을 장악했던 빛의 충격이 되살아났다. 현기증을 느낀 선우는 반사적으로 눈을 감고 손가방을 더듬었다. 하지만 곧, 고글을 그냥 두고 외출했다는 사실을 깨달았다. 김 박사의 당부대로라면 망막 보호를 위해 반드시 휴대해야 할 필수품이지만, 긴장한 나머지 중요 수칙마저 깜빡한 것이다. 아침에는 흥분으로 들떠 세포 회복제 복용마저 잊고 말았다. 겨우 육 개월 전 냉동 캡슐에서 벗어난 선우에게, 첫 외출은 도전에 가까웠다. 알코어 생명연장재단 한국지사 회복센터 안에서 상상하던 '백오십 년 후의 바깥세상'은 마주하고 보니 외계 행성처럼 낯설었다.

"회복센터 밖으로 나가보면 기억력이 강화될 겁니다. 일종의 뇌 자극 요법이죠. 냉동 보존되기 전 선우 씨의 생애 스토리가 형성된 장소라면 더 효과가 좋을 거예요. 유의미한 스토리는 연관 기억까지 자극해 줄 테니까요."

해동과 회복을 담당해 온 김 박사의 조언에 선우는 오늘 아침 외출을 강행했다. 일정을 무리하게 앞당겨서라도 냉동 이전의 인생 편린들을 확인해 보고 싶었다. 이전 생애 스토리가 깃든 장소에 서는 건 상상만으로도 설렜다. 김 박사는 첫 외출 시점을 한 달 뒤로 권장했지만, 선우는 기다릴 수 없었다. 고집을 부린 끝에 '네 시간 이내'라는 제한 조건으로 겨우 허락받았다.

이마 상피에 내장된 내비게이션 칩의 안내를 따라, 홀로 무인 수소차에 탑승해 서울 한복판까지 이동했다. 친절한 칩은 이 구역이 백오십 년 전 남편 정호와 함께 신혼을 보낸 빌라 위치라고 알려주었다. 선우가 죽은 2025년 기준으로는, 이곳 주소가 서울시 용산구 유엔빌리지길 7이라는 상세 정보까지 덧붙였다. 해동 인간의 부실한 방향 감각을 보완해 준 칩은 몸 안에 서식하는 나침 벌레처럼 속삭였다.

예상은 했지만, 신혼 보금자리가 흔적 없이 사라진 사실에 선우는 낙담했다. 새로운 문명이 점령한 옛 한남동에는 기억하는 그 어떤 조각도 남아 있지 않았다. 냉동 캡슐 안에서 백오십 년을 보냈다지만, 이해 없이 도착한 미래는 의구심만 불러일으켰다. 자연 인간으로 살다가 여든다섯 살에 눈을 감았다는 남편의 흔적을 찾아온 건, 아무래도 어리석은 행동 같았다. 인정하기 싫지만, 그는 이미 백 년 전에 한 줄기 바람으로 흩어진 고인故人이었다. 2025년의 유엔빌리지길은 2175년 현재, 하늘로 치솟은 건축물들로 거대한 숲을 이룬 상태였다. 하늘은 첨단 건축물들 틈새 사이에 조각보처럼 끼어 있을 뿐이었다.

선우는 유엔빌리지길 7의 새 주인으로 등극한 거대 건축물을 못마땅한 눈으로 바라보았다. 빌딩 꼭대기에서는 붉은 레이저가 쉴 새 없이 건축물의 이름을 공중으로 쏘아댔다. 초 단위로 발사되는 붉은 빛줄기는 강박증을 앓는 기계처럼 집요해 보였다. 건축물의 이름은 'Flex'. 어디선가 본 듯한 단어지만, 의미는 쉽게 떠오르지 않았다. 두통을 동반한 머릿속에서는 플렉스의 텅 빈 음향만 메아리쳤다. 선우는 미간을 찡그린 채, 이마 상피 칩의 도움 없이 기억을 끌어올리려 애썼다. 냉동 캡슐의 봉인이 풀리고 해동된 지 겨우 육 개월, 오늘이 정확히 백팔십 일째였다. 꾸준히 회복 치료를 받고 있지만, 김 박사는 뇌세포의 이십 퍼센트가 아직 비활성화 상태라고 진단했다. 냉동 보존 과정에서 손상된 세포막이 완전히 복구되려면 평생이 걸릴 수도 있으니, 추상화된 개념을 억지로 구체화하려 들지 말라고 조언했었다. 그러나 기억의 공백은 매번 영혼을 답답하게 옥죘다. 자연 인간이 이해할 수 없는 해동 인간만의 고통이었다. 결국 선우는 이마를 가볍게 터치해 내비게이션 칩을 호출했다.

「안녕하세요. 선우 씨의 공간 동행자 '이루'입니다.」

센서는 부드러운 저음으로 선우의 낙담을 어루만지듯 응답했다. 언제나 당신 곁에 있다는 무언의 메시지를 목소리와 어조에 담아냈다.

"눈앞의 건물 플렉스의 용도가 뭐지?"

선우는 따지는 듯한 어조를 갈라진 목소리에 담아 물었다.

「플렉스는 다국적 시간연구소 빌딩입니다. 인간의 시간을 폐기하기 위한 양자물리학 연구가 활발하게 진행 중인 곳이죠. AI 국제사업가 칸이 2165년에 건축하였으며, 현재 인류의 첨단과학을 이끄는 연구 시설로 활약 중입니다…」

시간 폐기란 말에 서늘해진 선우는 얼른 칩의 안내를 꺼 버렸다. 시간은 겪는 것이라 믿어왔는데, 폐기의 대상이 되어버린 사실에 아득했다. 건축물 꼭대기의 붉은 레이저가 마치 시간 폐기를 외치는 선봉장처럼 보였다. 백오십 년의 시간이 새삼 두려움으로 밀려왔다. 냉동 캡슐 속에 얼려두었던 1,314,000시간도 감당하기 어려운데, AI 인간의 주도로 시간의 흐름을 아예 막아내려는 세상이 버거웠다. 시간은 존재의 고통이자 위안이며, 떨쳐낼 수 없는 동반자가 아니던가. 시간을 폐기한 끝에 인류가 닿을 목적지는 상상조차 어려웠다.

냉동 보존 전 신혼 보금자리에 선 지금, 선우는 한층 더 예민해진 감정의 층위를 느꼈다. 이 세계에 깨어나고부터 사소한 자극에도 분노가 폭발하거나 우울감에 침잠되는 증상이 잦았다. 감정이 순식간에 고조된 뒤 끝 모를 바닥으로 추락할 때면 차라리 죽는 게 낫겠다는 충동이 밀려들기도 했다. 냉동 과정에서 부피가 커졌다가 해동으로 다시 줄어든 뇌세포 때문만은 아닐 터였다. 김 박사는 극심한 감정 기복을 '환경 변화로 인한 심리적 수용 거부 반응'이라고 진단했었다. 하지만 선우는 자각하고 있었다. 의학적 진단 너머에 더 깊고 오래된 감정의 균열이 존재한다는 것을.

"플렉스…. 플렉스…. 도대체 무슨 뜻이었지? 시간 폐기와 플렉스, 무슨 관계가 있는 걸까?"

억지로 기억을 끌어올리려 애쓰자, 미세한 편두통이 일기 시작했다. 통증에 양쪽 관자놀이를 손가락으로 누르는 찰나, 오래된 기억 조각이 스프링처럼 튀어 올랐다.

"그래, 맞아! 유행어였어!"

선우는 간신히 기억해 냈다. 이전 생애 대중들 사이에서 회자됐던 사회적 용어 '플렉스'. 마지막 퍼즐 조각을 맞춘 듯 폐부 깊은 곳으로부터 안도의 한숨이 터져 나왔다. 2020년대, '플렉스'는 자기과시의 점잖은 동의어였다. 망각에 묻혀있던 명사가 눈을 뜨자, 신기하게 연관 기억들도 함께 떠올랐다. 김 박사의 표현대로라면, 뇌신경 시냅스 어딘가에 불이 켜진 것이다.

가장 먼저 떠오른 연관 기억은 이전 생애 사진이었다. 선우 역시 또래들처럼 인스타그램에 일상의 플렉스를 사진으로 담아내곤 했었다. 그 시절 인스타그램은, 감각적인 자기 연출의 무대이자 최적의 플렉스 저장 공간이었다. 의미 있는 시간마다 사진을 찍고 또 찍었다. 수십 장의 사진을 찍고, 그중 몇 장을 골라내고, 가장 인상 깊은 한 장을 엄선해 놓고는 무심하게 올린 척 가장했다. 팔로워들의 클릭을 유도하기 위해 해시태그에도 골몰했다. 미쉐린 가이드 레스토랑 방문 인증 사진에 해시태그 '#반짝반짝 빛나는 시간'을 달아두며 겉멋을 부렸다. 카메라의 피사계 심도를 깊게 조절해 석양을 배경으로 뒷모습을 찍고는 '#길어진 시간'이라는 해시태그로 상상의 여지를 남기기도 했다. 선우는 사진 한 장을 통해 저급한 자랑이 아닌, 천천히 흐르는 시간을 증명하고 싶었다. 정신없이 흐르는 일상의 상황에서 벗어나 기억에 남을 특별한 상황을 의도적으로 만들면, 그제야 시간은 알아서 천천히 흘러주었다. 선우는 천천히 흐르는 시간이야말로 진정한 플렉스이자 행복한 인생의 증명서라고 믿었었다.

 사진 기억에 몰두한 선우의 눈동자는 고정된 나침반처럼 한 방향만을 고요히 응시했다. 회복센터 안에 머물 때보다 기억의 흐름은 놀랄 만큼 빨라졌다. 단초 기억이 연관 기억을 속속 연상으로 불러내 주었다. 어느새 머릿속에서는 한 장의 사진이 실시간으로 인화되고 있었다.

망각의 너울을 걷어낸 첫 사진은 멕시코 칸쿤 해변의 석양이었다. 그날 해변은 피처럼 붉은 노을에 물들었고, 휴양객들의 그림자는 바다를 향해 길게 늘어져 있었다. 선우와 정호는 나란히 앉은 서로의 얼굴을 바라보았고, 그 순간이 영원이 되길 소망했다. 두 사람은 고요히 멈춘 듯한, 아주 느린 시간을 사진에 담았다. 사진 아래에는 해시태그 '#영원한 시간'을 달았다. 천천히 흘러준 둘만의 특별한 시간을 세상에 증명해 보인 사진이었다. 그 무렵 인스타그램 세계에서는 시간을 여유롭게 흘려보낸 자가 우월한 인간처럼 보였다. 시간을 천천히 흐르게 할 수 있다는 건 특권 같았다. 시간을 가진 자가 인생의 승리자라고 생각했었다.

하지만 어마어마한 시간이 흐른 지금, 시간의 실체를 몰랐던 날들의 어쭙잖은 허세를 참회하고 싶었다. 한낱 사진으로 시간을 가둘 수 있다 믿은 어리석음을 고해하고 싶었다. 시간은 멈추지 않았고, 특별한 순간도 결국 흘러갔다는 사실이 아프게 다가왔다.

머릿속에 인화된 칸쿤 사진은 또 하나의 후속 기억을 소환했다. 인스타그램 계정명까지 떠오른 것이다. 결혼 직후 선우가 '정호 사랑'의 뜻을 담아 만든 계정명은 'jhsarang2024'. 둘만의 시간을 차곡차곡 쌓아 올린 그 계정에는, 축복 속에 피어난 신혼의 기억들이 저장되어 있었다. 가장 먼저 올린 사진은 신혼집 빌라를 멀리서 찍은 컷이었다. 해시태그는 '#둘만의 보금자리'. 댓글은 순식간에 쏟아졌다. 한강 조망이 가능한 고급빌라에서 새로운 시간을 시작한 플렉스를 팔로워들은 하나같이 부러워했다. 그때 선우는 자신의 인생이 천천히 흐르는 시간으로 채워질 것을 의심하지 않았다.

하지만 다시 돌아보니, 그 또한 치기로 느껴졌다. 과잉 자아가 만든 해시태그, 남들의 시선을 염두에 둔 연출, 자신을 향한 나르시시즘과 허영… 이면의 진실이 너무 투명해서 부끄러웠다. 건축물 꼭대기에서 쉴 새 없이 번득이는 붉은 레이저도 인간의 어리석음을 비웃는 것 같았다. 선우는 쓴웃음을 지었다. 언어 기능 회복 이후, 남편 정호가 세상에 없다는 사실을 알자마자 김 박사에게 그의 사진을 요청했었다. 천천히 흐르던 시간의 증거물을 확인하고 싶은 절박함 때문이었다.

"죽은 남편을 만날 수 없다면, 제발 사진이라도 보여 주세요! 어딘가에, 정말 어딘가에, 그 사람 사진이 한 장쯤은 남아 있을 거예요! 제발 좀 찾아봐 주세요!"

이미 백 년 전 남편이 세상을 떠났다는 소식에 선우가 절규하자, 김 박사의 대답은 단호했다.

"이전 생애 인스타그램을 염두에 두신 겁니까? SNS는 홀로그램에 밀려 구시대 사료로 분류된 지 오래입니다. 계정 자체가 소멸했어요. 이정호 씨 경우도 마찬가지입니다. 홀로그램 생성과 동시에 생전 자료는 전면 폐기됐어요. 홀로그램이야말로 생애 자료의 완벽한 총합체니까요. 사진보다 홀로그램으로 더 생생하게 이정호 씨를 만날 수 있습니다."

그의 말은 세상 어디에도 정호의 사진은 남아 있지 않다는 의미였다. 사진보다 더 완벽한 대체물이라며 홀로그램만을 권하는 김 박사가 원망스러웠다. 그는 21세기 인간의 낡고 고루한 감상을 꾸짖는 것 같았다. 하지만 선우는 고개를 가로저었다. 그저 가공 흔적 없이 박제된, 순전한 시간을 보고 싶었다. 순간이 영원으로 화한 증명서로서 사진보다 탁월한 건 없다고 믿었다.

아이오닉 건물 숲을 헤집고 11월 하순의 차가운 바람이 불어왔다. 도심의 틈을 빠져나온 냉기류가 회색 거리를 훑고 지나가자, 피부로 서늘한 전율이 느껴졌다. 팔에 걸쳤던 카디건을 껴입으며 선우는 투박한 기침을 쏟아냈다. 천식성 기침은 폐부 깊숙한 곳으로부터 거침없이 올라왔다. 갑작스러운 발작 증상에 얼굴까지 발갛게 달아올랐다. 청정한 회복 센터에 적응된 폐가 외부 공기에 노출되자 항진 반응을 일으킨 것이다. 즉각 이마 상피 칩이 자동으로 반응했고 김 박사가 접속됐다.

"선우 씨, 괜찮아요? 천식 수치가 적정선을 넘었네요. 원격의료 시스템의 경고로 접속했어요. 외출 활동은 여기서 중단하고 회복센터로 바로 복귀하시죠."

"걱정하지 마세요, 박사님. 챙겨주신 상비 패치 붙여 볼게요."

선우는 애써 밝은 목소리로 김 박사를 안심시킨 뒤, 손가방을 열어 천식 진정 패치를 꺼냈다. 입천장에 붙이자마자 약효가 퍼지면서 기침이 조금씩 잦아들었다. 수없이 반복한 자가호흡 훈련을 떠올리며 숨을 천천히 들이마시고 내쉬었다. 외부 환경의 작은 변화에도 여러 부작용을 겪는 건 해동 인간의 천형일 터였다. 부작용이 갑자기 발현하면 속수무책이었다. 마치 선천적인 알레르기 반응과도 같았다. 겨우 이삼십 년의 생명을 연장하기 위해 해동 인간이 치르는 대가는 혹독했다.

지나가던 행인이 선우를 경계하듯 쳐다보았다. 이 시대 가장 열등한 인간으로 취급받는 해동 인간의 정체를 눈치챈 듯했다. 신체적으로 취약한 데다 정신적, 지식적 괴리로 소외된 존재를 바라보는 시선은 복잡해 보였다. 동행해 주겠다던 김 박사의 호의를 거절하고 홀로 외출을 감행한 만용이 새삼 후회됐다. 막상 나와보니 현실은 호락호락하지 않았다. 시간에 조롱당한 듯 배신감만 느껴졌다. 이 시대는 그녀를 환영하지 않는 듯했다. 눌러둔 자기연민이 목구멍까지 차올랐다.

선우는 손목에 부착된 나침반 패치를 확인하며 동북쪽으로 몸을 돌렸다. 회기동의 풍경을 가늠하며 옛 기억을 더듬었다. 정방향 쪽에 회기동 성당이 있을 터였다. 기억 저편의 장소를 떠올리는 마음은 간절했다. 까치발을 들어 시야를 가로막은 건물 숲 너머를 응시했다. 회기동 성당은 남편 정호를 만나고, 사랑하고, 혼인미사를 올린 특별한 장소였다. 세상 모든 것들이 건설되고 허물어지고 다시 건설되고 허물어졌다 해도, 회기동 성당만은 건재하리라 믿고 싶었다. 선우는 옛 추억을 담고 있는 동그란 이마를 터치했다.

"회기동 성당은 정방향이지? 저 건물 숲 너머에 있는 거 맞지?"

「선우 씨의 공간 동행자 '이루'입니다. 회기농 성낭은 종교 인구 감소와 공동 제의 소멸 추세로 오십여 년 전부터 명맥만 유지돼 오다 이십사 년 전 홀로그램 기념관으로 변경-증축되었습니다.」

"말도 안 돼! 이천 년을 이어온 신앙이 고작 백오십 년 만에 사라졌다고? 2025년 이전 모습은… 아무것도 남아 있지 않다는 뜻이야?"

「신앙 자체는 여전히 건재해 있습니다. 공동 제의가 줄어든 것뿐입니다. 신도들은 주로 각자의 공간에서 홀로그램 미사를 드립니다. 홀로그램 성사와 강해 설교는 신학적으로 완벽한 기능을 수행하니까요. 그간 여러 차례의 팬데믹을 겪은 것도 영향을 끼쳤습니다. 단지 모임이 줄어든 것뿐, 디지털 사역은 꾸준히 전개되고 있습니다. 참고로, 바티칸과 가톨릭계 보수파는 AI 인간 또는 기억 이식 AI 인간 사제의 등장에 강하게 반대하고 있으며…」

"됐어."

선우는 칩의 설명을 차갑게 끊어냈다.

"성당이 사라지고 없는데 거길 찾아가서 뭘 하겠어. 보이는 건 아무것도 없고, 남은 건 허무한 설명뿐이잖아. 가톨릭계 보수파에서 AI 인간 사제 등장을 막고 있다고? 그 규제도 머지않아 풀리고 말겠지. 시간의 도도한 흐름에 무릎 꿇지 않을 게 있겠어?"

선우는 빈정거리는 말투로 내비게이션 칩을 꺼버렸다. 방문할 계획이던 장소가 하나둘 현실에서 지워져 가고 있었다. 신혼지를 들른 후에 회기동 성당으로 가려 했지만, 방문 이유조차 사라진 사실에 참담했다.

회기동 성당은 선우에게 단순한 신앙 공간이 아니었다. 그곳은 할아버지부터 선우 부부까지 가족 삼대가 신을 중심으로 모여들던 시간의 둥지였다. 역사학자이자 회기동

토박이인 할아버지는 일요일 아침이면 유쾌한 미소로 성당에 나타나곤 했다. 선우의 눈에, 2025년 어느 봄날의 정경이 환하게 그려졌다.

그날, 나른한 햇살이 감싼 성당 뜰에는 미사를 마친 가족들이 둥글게 모여들었다. 벚꽃잎이 어깨 위로 흩날릴 때 정호는 조용히 웃었고, 천진난만한 할아버지는 크게 웃었다. 성당 옆 냉면집으로 옮겼을 때도 할아버지의 유머가 있어 식사 자리는 즐거웠다. 따스한 피로 묶인 사람들을 신의 은총이 감싸고 있는 듯했다. 비빔냉면 육수를 입바람으로 후후 불던 할아버지가 뜬금없이 질문했다.

"선우야, 정호야, 이 동네 이름이 왜 회기동인 줄 아니?"

수수께끼 같은 질문에 선우는 고개를 갸웃하다 가로저었고, 정호는 깍듯하게 대답했다.

"글쎄요. 회기동이라는 지명에 특별한 스토리가 있나요?"

할아버지는 장난스러운 눈빛을 반짝이며 회심의 미소를 지었다.

"그럼, 당연히 스토리가 있지. 스토리 없는 이름이 세상에 어디 있겠니. 존재하는 모든 건 스토리를 품고 있지. 일상의 행복에 시간이 개입하면 스토리가 되는 거란다."

"오, 심오한데요? 알 듯 모를 듯 모호하지만, 맞는 말씀 같긴 해요."

선우는 냉면의 면발을 흡입하면서 기분 좋게 호응했다.

"우리 선우도 인생을 좀 더 살다 보면 스토리를 이해하게 될 거야. 내 눈엔 서른다섯 살인 네가 여전히 아이 같단다. 아직은 모르는 게 많을 나이지."

선견자가 된 듯 진지해진 할아버지는 잠시 창밖으로 아련한 시선을 옮겼다. 선우의 시선도 할아버지의 시선을 따라갔다. 창밖 거리에는 만개한 벚꽃들이 비처럼 흩날리고 있었다. 오랜 시간을 따라 깊어진 할아버지의 눈동자 안에도 꽃비가 내렸다. 세상은 더할 나위 없이 아름다워 보였다.

"회기동의 서사가 궁금해요. 어서 얘기해 주세요."

"들어 볼래?"

자신에게 쏠린 가족들의 시선을 즐기면서 할아버지는 기다렸다는 듯 말문을 열었다.

"조선 시대 연산군의 생모가 폐비 윤 씨라는 건 다들 알지?"

"그럼요. 이래 봬도 저명한 역사학자의 하나밖에 없는 손녀인걸요."

"하하, 그래야지. 이 동네는 폐비 윤 씨의 묘소인 '회릉'이 있던 곳이야. 그래서 회기동(懷箕洞), '회를 기리는 동네'라 불리게 된 거란다."

그 순간, 식탁 위로 잠깐의 정적이 흘렀다. 할아버지는 나

스토리 89

직하면서도 또렷하게 말을 이었다.

"성종 임금님의 계비였던 윤 씨는 투기했다는 이유로 궁에서 내쳐졌단다. 왕의 용안에 상처를 냈다는 죄목도 있었지. 친정 사가에 갇혀 외롭게 지내다가 결국엔 왕이 보낸 사약을 받고 피를 토하며 죽었지. 사랑하는 남자에게 버림받은 후 그 남자에 의해 생을 마감했어. 그보다 더 비극적인 스토리가 있을까?"

"그럼, 이 동네에 폐비 윤 씨의 슬픔이 고스란히 묻혀있는 거네요."

"그렇단다. 그런데 깊이 생각해 보면, 윤 씨를 괴롭힌 건 폐서인 칙령이나 왕의 사약이 아니라 행복했던 과거의 기억이 아니었을까 싶어. 왕에게 여자로서 사랑받았던 날들의 기억 말이야. 그 시간으로 돌아갈 수 없었을 테니 얼마나 견디기 힘들었을까."

"듣고 보니… 맞는 말씀 같아요."

선우는 그때 기억의 감옥에 갇힌 한 여인을 상상했다. 한때는 자신을 향해 미소 짓던 임금의 얼굴, 함께 걷던 궁궐의 마당, 봄날의 푸르른 정원….

"우리에겐 역사적 에피소드에 불과하지만, 윤 씨에게는 죽어서도 잊을 수 없는 서사였던 게지. 한 인생의 스토리가 이곳의 지명이 된 건 아무래도 시간이 부린 마법 같구나."

할아버지는 가족들에게 심원한 화두를 던져놓고는 연극배우처럼 어깨를 으쓱했다. 깊은 내면과 유머러스한 행동의 균형은 할아버지의 치명적인 매력이었다. 인자한 미소까지 장착하고 있어서, 세례명 '라파엘'이 아주 잘 어울리는 사람이었다. 역사학자답게 과거 인물의 서사를 자신의 경험처럼 느껴보려는 태도가 몸에 배어 있었다.

"이 동네에서 아들 낳아 키우고 손녀 선우까지 얻었으니, 나에겐 회기동이 인생 서사나 다름없지. 시간 안에서 살다 보면 누구에게나 죽어서도 잊지 못할 스토리가 만들어진단다. 인간은 시간 안에 갇혀 있지만, 인간의 스토리는 시간을 뛰어넘지. 그건 크고 놀라운 비밀이란다. 시간 안에서 한 사람이 다른 사람의 영원한 서사가 되는 건 더욱 신비로운 일이고. 내 인생의 시간이 얼마 남지 않아서일까? 요즘은 우리 가족이 함께 만들어가는 스토리가 더 소중하게 느껴지는구나."

시간의 비밀을 꿰뚫는 할아버지의 독백을 들을 때, 선우는 다시 창밖에 시선을 두고 있었다. 포르르…. 벚꽃 잎 하나가 나무에서 떨어져 땅에 닿기까지의 시간을 주목하는 중이었다. 그 순간 꽃잎은 가장 극적인 스토리를 만들며 땅으로 흩날렸다. 선우는 섬세한 그 순간을 깊은 눈으로 바라보았다. 떨어지는 꽃잎의 몇 초를 몇백 년처럼 눈동자에 담아 두고 싶었다. 벚꽃 잎에게 몇 초는 우주의 시작과 끝일 터였다.

아이오닉 건물에 막혀 회오리로 변한 바람 속에서 선우는 긴 한숨을 내쉬었다. 우주의 시작과 끝 사이, 지금 자신은 어느 시점에 서 있는지 궁구하던 마음이 먹먹해졌다. 회기동 어딘가에는 시간을 초월한 할아버지의 스토리가 여전히 존재하고 있을 터였다. 문득 맞은편 빌딩의 반사광이 무사하냐고 묻는, 천국에서 보내온 할아버지의 수신호처럼 느껴졌다. 선우도 교신을 따라 가족들이 있는 천국으로 건너가고 싶었다. 낯선 세상에 홀로 눈을 뜨고 보니 할아버지의 스토리는 백오십 년 전 과거가 되어 있었다. 할아버지와 부모님, 그리고 사랑하는 남편 정호. 죽음 너머 천국에서 안식하고 있을 그들이 지독하게 그리웠다. 1,314,000시간을 거슬러 뇌리에 새겨진 스토리의 시간으로 회귀하고 싶었다.

선우는 버거운 호흡을 조절하며 고층 건물로 꽉 막힌 사방을 새삼 둘러보았다. 백오십 년의 시간을 그대로 견디어 내고 있는 건 오직 하나, 태양뿐이었다. 태양은 여전히 지상을 향해 강렬한 광휘를 내뿜고 있었다. 학창 시절, 태양의 나이를 사십육억 년으로 배웠던 기억에 그녀는 미간을 찌푸렸다. 인간의 머리로 가늠할 수 없는 시간을 추정해 낸 과학자들이 의뭉스러웠다. 시간에 쫓긴 인간이 닿을 수 없는 거리의 태양을 앙망하면서 조작해 낸 환상에 불과해 보였다. 근래 선우에게 가장 비밀스러운 건 시간이었다. 누군가 밀약하여 가상의 시간에 자신을 가두어 놓았다는 상상에 빠져들곤 했다. 관음증 환자들의 관찰 대상이 된 듯한 피해의식에 한 번 함몰되면 며칠씩 헤어 나오기 힘들었다. 너무 깊은 절망 앞에서 기도도 잊어버렸다. 그때마다 머리 위에서 이글거리는 태양도 사십육억 년으로 세팅된 가상의 소품처럼 보였다. 태양을 상징하는 자신의 세례명 '헬레나'마저 누더기로 느껴졌다. 차라리 흔한 영화 속 주인공처럼, 시간 큐브 게임에 무작위로 초대된 불운아라고 믿고 싶었다.

선우는 자포자기한 심정으로 남쪽을 향해 간신히 돌아섰다. 기억대로라면, 시야를 가로막은 건물 숲 너머에는 한강이 흐르고 있을 터였다. 한강 역시 서사의 공간이었다. 그곳에서 정호와 함께 산책하고, 조깅하고, 자전거를 탔다. 그러나 한강도 시간을 담아두지는 못했을 터였다. 한강이 보이는 카페에 잠깐 들르겠다는 계획을 듣고 김 박사는 황당한 조언을 내놓았다.

"홀로그램만 켜면 거실에서도 실시간 한강 조망이 가능합니다. 연약한 육체로 무리하지 말아요."

클라이언트를 위한 회복 담당자의 배려는 고마웠지만, 의도를 비켜 간 조언은 쓸쓸했다. 홀로그램으로 덧칠된 테크노피아 세계도 이젠 지긋지긋했다. 고립을 즐기며 혼자만의 공간에서 홀로그램으로 소통한다는 22세기 자연 인간들도 이해하기 어려웠다. 언제쯤 적응할 수 있을지 암담했다.

  11월의 차가운 바람 속에서 선우의 체온도 급격히 떨어졌다. 해동 부작용으로 저하된 면역 기능 탓에 조금만 무리해도 폐렴이 생겼다. 체온 조절 능력이 현저히 떨어진 몸은 커피 욕구를 불러일으켰다. 뜨거운 아메리카노로 혈관을 적신다면 낙담으로 처진 몸에 생기가 돌 것 같았다. 혀끝에서 아메리카노의 쓴맛이 돋아났다. 백오십 년 냉동에도 불구하고 미각은 여전히 옛 시간에 닿아 있었다. 인간의 육체에 가장 오래 남는 건 감각이라 느끼며 선우는 버릇처럼 손가방을 열었다. 신용카드나 핸드폰을 찾으려는 신경계의 묶은 습관이었다. 하지만 플렉스 주변에 커피점 따위는 보이지 않았다. 길 잃은 늦가을 회오리바람만 윙윙댔다.

  해묵은 미각 욕구를 달래며 선우는 무거운 발걸음을 옮겼다. 해동 후 첫 외출은 물리적 이동에 불과했다는 결론에 고개를 떨궜다. 옛 신혼 보금자리가 영원을 탐하는 시간연구소로 바뀐 사실에, 중요한 건 공간이 아니라 존재임을 각성한 것뿐이었다.

  플렉스 앞에서 작은 점처럼 서 있던 선우는 건물 숲 사이로 천천히 사라졌다. 회복 담당자 김 박사 외에 그녀가 플렉스 앞에 머물다 간 사실을 아는 사람은 없었다. 오직 인공위성의 푸른 눈만이 보호 대상자의 위태로운 동선을 조용히 지켜보고 있었다.

*

알코어 생명연장재단 한국지사 회복센터로 돌아온 선우는 세포 회복용 당의정을 목으로 넘겼다. 정시 복용보다 일곱 시간이나 늦어졌다. 짧은 늦가을 해가 기운 탓인지 어느새 서쪽 창이 붉게 물들어 있었다.

선우는 천천히 일어나 창을 열고 텅 빈 시선으로 저녁 하늘을 올려다보았다. 이제 빛을 거두어 자기 안에 가둔 태양이, 남은 열정을 소진하듯 사력을 다해 타오르고 있었다. 비현실적으로 커진 저녁 태양은 어느 낯선 행성의 위성 같았다. 선우는 생경한 불안을 느꼈다. 거대하고 붉은 위성이 서산 너머로 지고 나면, 백오십 년 뒤에야 다시 떠오를 것만 같았다. 코마 상태에 빠졌던 헬레나, 그녀가 백오십 년 만에 다시 눈을 떴듯이.

자신의 세례명 '헬레나'를 떠올리며 선우는 쓸쓸한 미소를 머금었다. 세례명을 부여해 준 신부님은 그녀의 미래를 예견했으리란 짐작이 스쳤다. 헬레나는 태양을 상징하는 이름이니, 백오십 년 뒤에 깨어난 자신과 백오십 년 뒤에 떠오를 태양은 같은 궤도에 놓인 운명 같았다. 아는 이 하나 없는 낯선 행성에서의 하루가 백오십 년처럼 길고 고통스러웠다.

"선우 널 이대로 보낼 수는 없어. 신이 살아 계신다면 어떻게 나한테 이래? 너와 결혼해 겨우 일 년을 함께 보냈는데 영원한 이별이라니, 억울해! 인정할 수 없어! 선우야, 우리 둘, 미래에도 함께 삶을 이어가자. 내가 꼭 그렇게 만들 거야. 너도… 동의하지?"

정호의 절규는 선우가 코마에 빠지기 직전에 울려 퍼졌다. 선우는 그 지점을 가물대는 의식의 끝자락으로 기억했다. 점멸하는 전등 아래로 그의 울부짖음이 먼 메아리처럼 들렸을 때, 그러자고, 남은 힘을 다해 수긍의 단음을 내뱉었다. 죽음 앞에서만 뱉을 수 있는 처질한 비명에 가까웠다. 선우에게는 전 생애를 응축한 사랑의 화답이었다. 죽음으로 어긋나버린 동행이 안타까웠고, 어떤 방법을 동원해서든 정호와 시간을 더 공유하고 싶었다. 그것이 무시무시한 냉동인간 프로젝트에 참여하는 일이라 해도…. 의식은 이내 닫혀버렸다. 그 후의 기억은 제로. '응'이라는 단음이 정호에게 어떤 의미로 들렸는지는 알 수 없었다.

아이러니하게도 그때, 수긍의 답을 했던 건 냉동인간 프로젝트가 불가능에 가까웠기 때문이었다. 희박한 가능성에 미래를 걸 만큼 서로 사랑한다고 믿었다. 단음이 세상에 홀로 남겨질 정호에게 희망이 된다면 그것으로 충분했다. 아내의 죽음 앞에서 오열하는 그에게 작은 위안이 되길 바랐다. 인간의 사랑이란 백오십 년이 아니라 순간에도 바뀔 수 있다는 걸 그땐 몰랐다. 지금 선우에게 공간보다 치명적인 건 시간이었다. 만약 지구로부터 백오십 광년 떨어진 행성에서 눈을 떴다면 시간을 공유했을 것이다. 물리적 거리는 영원 같으나 존재 자체가 소망이 돼줄 터였다. 시간 간극으로 존재를 상실한 우주는 카오스에 불과했다.

  선우는 저녁 식사도 거른 채 소파에 몸을 묻었다. 하루 종일 이전 생애 흔적에 몰두하느라 탈진할 듯 피곤이 몰려왔다. 이 세계에 정서적으로 적응한다 해도 현재 체력으로 몇 년이나 버틸 수 있을지 의문이었다. 어떤 음식이든 주문 즉시 제공해 주는 회복센터의 푸드 시스템도 흥미를 잃은 지 오래였다. 낯선 시간에 고립된 이후로 도무지 식욕이 일지 않았다. 선우는 체념한 목소리로 엉뚱한 주문을 내놓았다.

  "추억의 노래가 듣고 싶어."

  「안녕하세요. 선우 씨의 뮤직테라피너 '뮤제'입니다.」

  즉각 답인사가 돌아왔다. 소파 맞은편 하얗게 비어 있던 벽면이 푸르스름한 빛으로 물들기 시작했다. 빛은 잠시 난

반사로 일렁이다가 이내 또렷한 4D 영상으로 구상화되었다.

「선우 씨는 지금 2020년대 중반 스타일의 발라드를 듣고 싶으시군요. 그렇죠?」

다정한 음성이 말을 걸었고 곧 홀로그램 청년이 등장해 선우를 내려다보았다. 수려한 외모와 신비로운 눈동자가 잠시 시선을 끌었다. 청년은 따뜻한 눈길로 선우와 눈을 맞춘 후 위로를 건네듯 부드럽게 웃어 주었다. 당신의 외로움을 이해한다는 눈빛이었다. 그의 눈길 한 번에 선우는 문득 울컥했다. 홀로그램 가수가 조용히 노래를 시작했다.

너와 나의 이야기가 있는 곳, 그곳엔 내 심장도 있어. ♬
그곳으로 다시 돌아갈 수 있다면, 그럴 수만 있다면,
더는 아무것도 바라지 않겠어. ♬
잃어버린 시간이여. 그리운 시간이여. ♬

해동 후, 처음 홀로그램을 대할 때는 꿈을 꾸는 듯했다. 신청자의 실시간 감정과 상황 정보를 분석해 맞춤형 음악 서비스를 제공하는 시스템은 실로 경이로웠다. 뮤직테라피너 '뮤제'가 2170년대 인류에게 최고의 소울메이트로 극찬받는 이유였다. 외롭다고 느낄 때 호출하면, 그는 단 한 번의 망설임도 없이 선우만을 위한 노래를 즉석에서 작사하고 작곡해 불러주었다. 매혹적인 외모와 서정적인 멜로디는 완벽했고, 신청자의 감정을 반영한 가사와 흠잡을 데 없는 음성은 소름이 돋을 정도였다.

  그러나 지금 선우는 홀로그램 청년을 의혹의 눈길로 바라보고 있었다. 인간의 내면에 각인된 고유한 스토리를 짐작조차 못 하는 기계적 노래를 거부하고 싶었다. 만약 그가 신청자의 눈물이나 체온, 심박수 변화로 감정을 예측했다면 그의 노래는 진심이 아닌 계산일 뿐이었다. 오늘따라 그의 노래가 인간의 의학적 생애 기록과 GPS 정보, 생체 리듬을 반영한 기계적 프로세스에 불과하다는 사실이 아프게 다가왔다. 이전 생애 흔적이라곤 아무것도 찾지 못한 상황에서 감정을 흉내 낸 노래 따위가 무슨 의미인가 싶었다.

  선우의 감정 기류를 포착한 듯 홀로그램 청년 가수의 표정도 급격히 어두워졌다. 탐지에 기민한 그의 눈동자에 어느덧 불안이 스며들었다.

>그대와 난 온전히 사랑했죠.
>머리를 쓸어 주던 그대 손길을 기억해요. ♬
>내 심장은 그곳에 두고 왔죠.
>시간을 넘어 여전히 나를 사랑하나요? ♬

홀로그램 청년은 눈치를 보면서도 최선을 다해 노래를 이었다. 감정 맞춤형 콘서트 사명을 끝까지 완수하고 있었다. 선우도 처음 몇 번은 1인 감성 콘서트의 주인공이 되어 감동에 젖곤 했다. 고독의 농도만큼 노래는 심오한 서정성으로 다가왔었다. 외로움의 고통 속에서 모르핀 주사를 맞듯 노래를 들었다. 옛 기억에 접속된 홀로그램 청년의 노래는 시간 감각을 마비시킬 만큼 효과가 탁월했다. 그간 그가 노래로 소환해 준 이전 생애 기억은 매번 아름답게 재생됐다. 선우를 따스한 추억 속으로 데려가 주었다. 그중 가장 생생했던 복기 추억은 남편 정호의 프러포즈였다.

2024년 7월의 수요일, 정호는 선우만을 위한 1인 콘서트를 준비해 두고 있었다. 그날 약속 장소인 회기동 성당으로 향하면서 선우는 저녁 메뉴를 고민했다. 부모 없이 외롭게 자란 정호에게 식사는 딘순한 끼니를 넘어선 감성적 의미였다. 어떤 메뉴로 따뜻한 저녁을 먹일까 고민하며 본당 출입문을 열었을 때, 공간은 파이프오르간의 장중한 음으로 충만해 있었다. 다른 모든 것들은 숨을 죽인 듯 고요했고, 파이프를 타고 울려 퍼지는 선율만이 선우를 사로잡았다. 영국 출신 밴드 '콜드플레이'의 노래, 「Fix you」. 신비로운 음색과 음조가 영혼 깊은 곳을 어루만졌다. 선율에는 표현하지 못한 사랑과 슬픔, 짙은 그리움이 출렁였다. 놀란 선우는 그 자리에 못 박힌 듯 멈춰 섰다. 오르간 앞에 앉아 연주하는 이는 정호였다. 그때, 풀 향기를 머금은 여름 저녁은 고요했고 스테인드글라스를 투과한 저녁 햇살은 예배석을 부드럽게 감싸고 있었다. 오르간의 울림은 감히 언어가 닿지 못하는 기도가 되어 공간을 채웠다. 혈관을 타고 성가처럼 퍼지는 위로에 선우는 전율했다.

> 최선을 다해도 성공하지 못할 때
> 원하는 것을 얻어도 필요한 게 아닐 때
> 너무 피곤한데 잠이 오지 않을 때
> 자꾸 뒷걸음질만 하게 되지. ♬
> 눈물이 너의 얼굴에 흘러내리고
> 대체할 수 없는 뭔가를 잃었을 때,
> 누군가를 사랑해도 헛수고가 되었을 때
> 이보다 더 나쁠 수 있을까? ♬
> 빛이 너를 집으로 인도해 주고 너의 영혼을 밝혀줄 거야.
> 내가 널 고쳐줄게. ♬

오르간 음 안에 숨 쉬는 노랫말이 마음을 흔들었다. 등 뒤로 본당 문이 닫히는 줄도 모르고 선우는 선 채로 눈물을 흘렸다. 정호가 걸어온 외로운 길과 쓸쓸한 생의 조각들이 가슴으로 전해져오자, 기쁨과 아픔이 혼재된 감동이 몸을 감쌌다. 만약 할아버지 라파엘이 옆에 계신다면 자랑하고 싶었다. 인생의 가장 아름다운 서사가 지금 이곳에서 만들어지고 있다고. 다른 모든 스토리가 사라져도 이제 막 서사가 된 정호의 연주는 영원할 거라고. 순간이 영원으로 승화하는 시간의 비밀을 선우는 그때 처음 알았다.

홀로그램 청년은 염려 가득한 얼굴로 연신 선우의 눈치를 살폈다. 최고의 역량을 발휘하려는 모습이 역력했고 완벽한 음향이 거실을 에워쌌다. 테크노피아 만능 세계가 눈앞에서 펼쳐지고 있지만, 그 모든 첨단 기술도 이젠 시들했다. 선우를 집요하게 붙드는 건 오직 하나, 시간의 흐름에도 꼼짝하지 않는 기억이었다. 오르간 연주를 마치고 겸연쩍게 웃던 정호의 얼굴, 본당 입구까지 걸어 나와 따뜻하게 안아주던 정호의 품, 떨면서 다가온 정호의 입술이 그리움의 끝자락에서 여전히 선명했다. 아무리 길을 막아도 기억은 냉동 보존 전으로 되돌아갔다. 현재 발 딛고 선 2175년이라는 시간과의 괴리에 숨이 막혔다. '백오십 년 후 해동'은 도대체 누가 결정한 거냐는 선우의 항변에 김 박사는 담담한 어조로 답했었다. 남편 정호가 '인간의 기술로 해동이 가능한 해로부터 십 년 뒤'로 계약했다고.

"코마 상태에서 이루어진 계약이라 본인의 동의 과정은

가족 3인 이상의 증언으로 대신했습니다. 부모님과 남편 이정호 씨가 증인이 되었죠. 코마 직전 선우 씨가 냉동 보존에 동의한 발언이 기록으로 남아 있습니다. 이후 크리오아시아 한국지사와 계약이 성립되었고, 법적 절차 문제로 러시아를 거쳐 미국 애리조나의 알코어 생명연장재단으로 이송되었습니다. 행정상 아무런 문제는 없습니다."

김 박사의 말투는 회의록의 문체처럼 담담하고 차분했다. 해동된 후 구십여 일 동안 선우는 거의 말을 하지 못했다. 언어영역 뇌세포가 회복되지 않아 의사소통이 어려운 상태로 지내야 했다. 후천적 학습으로 발달한 영역일수록 재생이 더디다고 했다. 그 기간 내내 남편 정호는 어디에 있는지 어떻게 변했는지 묻고 싶었지만, 갈급한 질문들은 입속에 갇혀 있었다. 답답한 심장이 더는 버틸 수 없을 때쯤 말문이 터졌다.

"나… 나… 남…남편 어… 어디…"

미처 밖으로 빠져나오지 못한 음운들이 목구멍에서 와글거렸다. 정호가 보고 싶어 미칠 것 같았다. 그때 김 박사의 2차 선언이 이어졌다.

"이정호 씨는 오래전에, 그러니까 2075년, 지금으로부터 꼭 백 년 전에 영면하셨습니다."

그날 선우는 명치가 조여들어 호흡조차 버거웠다. 백오

십 년 냉동 후 해동된 상황에서도 신체 통점은 시퍼렇게 살아 있었다. 발작적인 심장 반응에 김 박사가 진정제를 투여했고, 감각의 나락으로 가라앉으면서 악몽이길 바랐던 게 고작 삼 개월 전이었다.

"다 필요 없어! 홀로그램 콘서트 따위가 무슨 소용이야! 도대체 뭘 바꿀 수 있냐고! 아무것도 되돌릴 수 없잖아!"

신경이 날카로워진 선우는 '뮤제'를 단숨에 꺼버렸다. 홀로그램 가수마저 쫓겨난 거실은 텅 빈 정적에 휩싸였다. 완벽한 음향이 남기고 간 자리는 오히려 더 깊은 허무로 가득 찼다. 선우는 소파에 누워 피곤한 눈을 감았지만, 머릿속은 이전 생애 기억으로 점점 또렷해졌다. 잦은 뒤척임 속에 탄식만 깊어졌다.

저녁 일곱 시를 넘길 즈음에야 졸음이 몰려왔다. 선우는 어머니의 자궁 안에 깃든 태아처럼 소파에 몸을 웅크린 채 잠 속으로 빠져들었다. 고요한 절망에 서서히 침잠되는 자신을 느끼면서….

클라이언트가 잠드는 과정을 실내 안전 시스템이 우려 섞인 시선으로 지켜보고 있었다. 아이오닉의 초 정밀한 눈은 선우의 호흡과 심박수는 물론 속눈썹 끝에 맺힌 눈물까지 놓치지 않았다.

*

"김선우 씨는 심각한 코마 상태에 빠진 뒤 2025년 9월 5일 23시 21분, 의학적으로 사망 판정을 받았습니다. 유방암으로 인한 다발성 장기부전이 원인이었죠. 의료진은 즉시 심폐소생술을 시행해 호흡과 혈액순환을 회복시켰고, 뇌 손상을 막기 위해 곧바로 냉동 보존 절차에 돌입했습니다. 체내 혈액을 완전히 제거한 뒤 동결보호제를 주입해 세포 조직의 손상을 막았습니다. 수분의 팽창을 제어하고, 얼음 결정 없이 인체를 투명한 유리 상태로 얼렸죠. 온도를 서서히 낮춘 후, 영하 196도의 액체질소로 급속 냉동된 육체는 캡슐에 보존되었고, 미국 애리조나의 알코어 생명연장재단의 냉동센터로 이송되었습니다. 보존 기간은 백오십 년이었습니다.

그리고 계약에 따라⋯ 2175년 9월 5일 23시 21분, 김선우 씨의 해동이 시작되었습니다. 의료진은 체내 동결보호제를 제거하고 다시 혈액을 주입했습니다. 심장은 전기 충격으로 소생했고, AI가 즉시 몸속 암세포를 제거하고 손상된 장기 회복 수술에 착수했습니다. 바이러스 크기의 최첨단 나노로봇이 세포 안팎을 정교하게 복구하자 인체는 마침내 의식을 되찾았습니다. 그러나 인체의 회복력은 개인마다 다르고 장담할 수도 없습니다."

선우가 회복실에서 처음 눈을 떴을 때, 김 박사는 미사를 집전하는 사제처럼 냉동과 해동 과정을 엄숙하게 전했다. 지나간 생애의 끝과 새로운 생애의 시작이 그의 입을 통해 선포됐다. 그때 가장 먼저 떠오른 기억은 어제 치른 듯 생생한 혼인미사였다. 자신을 내려다보고 있는 남자의 희미한 실루엣을 느끼며 남편 정호라고 확신했다. 내가 깨어났다고, 그러니 제발 손을 잡아달라고 애원하고 싶어도 혀를 달싹일 수 없었다.

정호와 혼인미사를 드린 날은 2024년 9월의 주말 정오였다. 여름 햇살의 여운이 그대로 남아 있는 초가을이었다. 하늘은 유난히 청명했고, 찬란한 햇빛이 대지를 향해 쏟아졌다. 회기동 성당은 미사 시작 전부터 몰려든 친인척과 신도들로 북적였다. 본당은 파이프오르간 서주로 물들었으며, 여인들의 미사 베일은 스테인드글리스를 투과한 빛을 받아 영롱하게 반짝였다. 서른네 살의 신부 선우는 연분홍 겹단 치마에 레이스로 덧댄 순백의 저고리를 입고 있었다. 정수리에서 바닥까지 흘러내린 하얀 너울 안에 장난기 어린 미소를 감춘 채였다. 아빠의 손을 잡고 한 걸음 한 걸음 신랑을 향해 나아가던 시간, 제단 앞에 서서 웃고 있던 정호의 얼굴은 햇살처럼 환했다.

혼인미사 장면을 첫 기억으로 떠올린 선우가 흥분으로 요동쳤을 때, 들여다보던 남자의 희미한 실루엣이 소리쳤다.

"김선우 씨, 진정하세요. 신체감각이 회복되려면 아직 멀었어요."

"…! …!"

정호를 찾는 외침은 묵음의 비명에 불과했다. 정호… 정호야… 혼인미사에서 환하게 웃던 정호의 얼굴을 보고, 그 부드러운 미소에 깃든 생명의 향기를 맡고 싶었다. 어미 새의 품을 파고드는 어린 새처럼 정호의 품에 안기고 싶었다.

회기동 성당 교우인 정호에게 먼저 호감을 느낀 건 선우였다. 그는 처음부터 독특한 분위기를 품고 있었다. 오전 미사에서 오르간을 연주하는 그의 얼굴은 정결한 우수로 가득했다. 선한 후광과 고독한 그림자가 공존하는 그의 내면이 궁금했다. 그즈음 선우 주변의 남자들은 온색과 한색으로 뚜렷하게 나뉘어 있었다. 온색 계열의 남자들은 지나치게 당당해 스며들 여지가 없었고, 한색 계열의 남자들은 무겁고 침울해 다가가기 버거웠다. 정호는 어디에도 속하지 않았다. MZ 세대의 극단적인 시류 속에서도 그는 온유함과 강인함을 겸비한 사람으로 느껴졌다. 그의 눈빛엔 신비로운 심연이 숨겨져 있었다. 선우는 독특한 분위기의 출처를 알아내기로 했다.

"오르간 연주하는 모습 볼 때마다 궁금했어요. 예술가의 분위기란 저런 걸까, 싶어 자꾸 시선이 가요. 형제님은 어떤 일 하세요?"

돌아온 그의 대답은 예상 밖이었다. 코인 거래소 딜러라는, 이미지와 전혀 다른 직업에 우선 놀랐다.

"주문을 매칭하고 유동성을 관리하는 일을 해요. 시장을 분석하고 전략도 수립하죠. 물론, 고객의 손실을 최소화하는 위험 관리도 하고요. 돈 많이 벌고 싶어서 일을 시작했어요."

선우는 솔직담백한 그의 대답에 또 한 번 놀랐다. 뻔한 물질적 욕망을 미화하려 들지 않는 점이 오히려 신선하게 느껴졌다.

"돈을 많이 벌고 싶다는 말, 어떤 선한 목적이 따로 있는 거예요?"

"아뇨. 가치 중립적인 욕구예요. 그냥 순수하게 돈을 벌고 싶었어요. 그렇다고 가난하게 자란 건 아니에요. 혹시 돈을 많이 벌면 행복해질 수 있나, 실험해 보는 중이에요. 성장하면서 행복했던 기억이 전혀 없거든요. 대학 졸업 후부터 돈을 벌려는 목적으로 달렸어요. 결국 내 나이에 얻기 힘든 고수익과 자본을 확보했지만…"

선우는 다시 놀랐다. 우아한 숭고함을 기대했다가 거친 솔직함을 마주한 순간 거부할 수 없는 매력을 느꼈다. 그는 그럴듯한 포장으로 욕망을 가장하는 사람의 본능에서 비켜 있었다. 그때 선우의 머릿속을 스친 건 신약성서 속 마태오 사도였다. 갈릴레아 호숫가 카파르나움 지방에서 악덕 세리로 부를 쌓다가, 나중에 가난한 자들에게 모두 나눠준 사람. 신기한 건 정호의 세례명도 '마태오'라는 사실이었다.

"오, 세례명이 마태오라니, 우연은 아닌 것 같아요. 형제님도 언젠가 마태오 사도처럼 선한 일을 하게 되지 않을까요? 참, 내 세례명은 태양을 상징하는 헬레나예요. 로마 콘스탄티누스 황제의 어머니 이름이죠."

"그렇군요. 환한 미소가 정말 태양을 닮았네요. 자매님의 세례명도 우연은 아닌 것 같은데요."

"하하, 고마워요. 우리 할아버지 지론에 따르면, 세상에 우연히 지어진 이름은 없대요. 모든 이름에는 특별한 스토리가 숨겨져 있다고요."

"스토리요?"

"우리 할아버지의 재미있는 철학 중 하나죠."

선우는 잠깐 망설이다 그의 과거를 향해 조심스레 질문을 던졌다.

"그나저나 형제님은 도대체 어떻게 살아왔길래 한 번도 행복한 적이 없었어요?"

정호는 선우를 바라보며 말없이 웃었다. 그리고는, 오래

전부터 질문을 예견한 사람처럼 스스럼없이 자신을 꺼내 놓았다.

"난 미혼모의 아들로 태어났어요. 여섯 살에 엄마가 재혼해서 외국으로 떠났고 이후 외삼촌 손에 맡겨졌죠. 엄마가 오르간을 전공했다는데 나도 엄마를 닮았나 봐요. 오르간이 정말 좋아요. 그런데 연주할 때마다 방향 없는 그리움에 갇히게 돼요. 내 성장기는 건조했어요. 심각하진 않았지만 늘 외롭고 조용했죠. 그래서인지 이생의 시간 안에서 행복은 사치라고 체념하며 살아왔어요."

오랜 슬픔 위에 돋아난 고요처럼 정호의 고백은 담담했다. 선우는 체념으로 멈춘 그의 시간으로 들어가 함께 흐르고 싶었다. 그리고 마침내 결혼 후 정호의 시간은 달라졌다. 일요일 오전 미사를 마친 후 선우 가족들과 함께 성당 뜰에 모였고, 냉면집으로 옮겨 점심도 힘께 니눴다. 천천히 흐르기 시작한 정호의 시간을 지켜보는 게 선우는 좋았다.

"우리 손주사위 이정호! 전엔 우리가 관계 밖의 사람이었는데 어느새 내 스토리에 네가 들어와 있네. 나도 네 스토리에 편입됐고. 이건 분명 시간의 마법이야. 사랑해, 우리 정호!"

할아버지 라파엘의 사랑 고백에 정호는 투명하게 웃었다. 그때 분명 시간은 마법을 부리는 것 같았다. 정호의 입술에서 흘러나온 고백은 이전과는 전혀 다른 것이었다.

"멈춰 있던 시간이 선우를 만나면서부터 흐르기 시작했어요. 이젠 시간이 버겁지 않아요. 그 이유를 몰랐는데, 오늘 할아버지 덕분에 알게 됐어요. 내 시간 안에도 스토리가 만들어지고 있기 때문이네요."

*

초저녁잠에 들었던 선우는 밤 아홉 시가 지날 무렵 눈을 떴다. 쑤시던 머릿속이 한결 개운했다. 낮 외출로 긴장했던 근육도 이완돼 있었다. 소파 위에 웅크렸던 몸을 펴고 천정을 향해 반듯하게 누웠다. 회복 센터의 천정은 아름답게 단장된 아이오닉 센서들로 가득했다. 혈당 체크와 체온 유지를 위한 원격의료 센서, 감정 맞춤형 돌봄 센서, 음악치료 센서, 4D 여행 센서, 홀로그램 미팅 센서, 메타버스 접속 센서 등이 기하학적 무늬로 배치돼 마치 한 폭의 추상화처럼 보였다. 전등을 끄면 천정은 우주를 유영하는 듯한 신비로운 분위기까지 연출했다. 선우는 테크노피아 세계와 재빠르게 손잡은 예술이 교활하게 느껴졌다.

여러 센서 사이를 떠돌던 시선은 홀로그램 미팅 센서에서 멈췄다. 선우는 불현듯 정호의 홀로그램을 불러내고 싶은 열망에 사로잡혔다. 회복 센터 규정에 따르면 고인의 홀로그램을 호출할 경우, 분기당 최대 십오 분의 미팅만 허락됐다. 시간을 초과하면 육 개월간 접속이 불가했다. 이 제한 수칙은 클라이언트의 급격한 감정 변화를 염두에 둔 법적 장치였다. 극심한 상실의 충격파 속에서 회복 탄력성이 부족한 이들은 한 번에 무너질 수 있었다. 실제 심신이 취약한 해동 인간은 고인과의 미팅을 통해 극단적인 감정 상태에 빠져들곤 했다.

선우는 그 조항의 이유를 체득하고 있었다. 사 개월 전, 언어능력이 덜 회복된 상태에서 첫 미팅을 강행해 소중한 시간을 허비한 경험이 있었다. 의사 표현과 감정 조절이 어려운 상태에서 정호의 홀로그램을 소환한 결과, 십오 분은 허공에 흩어졌고 회복은 오히려 늦춰졌다. 김 박사의 만류를 뿌리치고 즉흥적으로 행동해 놓고, 미팅 종료 후 되려 그를 원망했던 일은 수치로 남아 있었다. 이후 언어가 정세될 때까지 홀로그램 미팅을 아껴왔다.

그런데 지금 절제력이 다시 무력해졌다. 정호를 만나고 싶은 열망이 걷잡을 수 없을 만큼 타올랐다. 롤러코스터처럼 요동치는 감정을 선우 자신도 통제하기 힘들었다.

"남편의 홀로그램을 불러줘."

데이터 손상 우려에도 기어이 호출했다. 센서를 향해 요청하는 목소리에는 미세한 떨림이 실려 있었다. 홀로그램 미팅 센서가 기다렸다는 듯 초록색 눈을 떴다. 선우는 문득, 해동으로 다시 뜬 자기 눈동자를 마주한 듯해 섬뜩했다.

「안녕하세요. 홀로그램 디렉터 '미튜'입니다. 김선우 님은 사 개월 전 이정호 님의 홀로그램을 호출한 이력이 있습니다. 이번 호출은 LED 소자 훼손 우려로, 오 분 이상의 대화는 불가합니다. 그래도 호출하시겠습니까?」

'미튜'는 정중하고 신중한 어조로 수칙을 환기했다. 선우는 짜증을 억누르지 못한 목소리로 응수했다.

"그래, 불러달라고. 네가 그렇게 강조하는 오 분을 넘기진 않을 테니까."

조심스러웠던 어투는 일순 강경하게 변했다. 짜증이란 두려움에서 파생된 방어 기제라는 깨달음에 이르자 자존심이 상했다.

자동 점등된 공간 안으로 푸른 빛이 번졌다. 전보다 희미해진 정호의 홀로그램은 처음부터 흔들렸다. 연약한 빛이 스민 얼굴은 피곤해 보였고 형체는 위태롭게 일렁였다. 신청자의 기억에 맞춰 구현된 정호의 모습은 서른다섯 살 형상이지만, 시간 안에서 제련된 눈빛만은 노회했다. 선우는 덜컥 겁이 나면서도 입속에 넣어둔 질문을 참을 수 없었다. 지난 미팅에서 끝내 꺼내 놓지 못한 진심이었다.

"당신은 왜 냉동 프로젝트에 참여하지 않았어? 내가 있는 이 세계에 왜 함께 남지 않았느냐고! 사랑이… 변한 거야? 그런 거야?"

인사도 생략한 채 직설적인 원망이 터져 나왔다. 정호의 홀로그램은 당황한 시선으로 옛 아내의 얼굴을 바라보았다. 선우는 백오십 년 전 절체절명의 코마 순간에도 두려워하지 않았고, 낯선 세계에 던져진다 해도 정호와 함께하고 싶었다. 언젠가 다시 존재로 회생하든 영원히 냉동 탱크 속에 얼어 있든 둘의 시간은 하나로 묶였다고 믿었다. 그런데 깨어나 보니 그는 이미 백 년 전의 고인이었다. 당대 평균 수명을 채우지 못한 채 여든다섯 살에 간암으로 병사했다고, 김 박사가 전해줬었다. 충격은 가슴에 피멍울로 남았다.

「선우야, 화가 많이 났구나. 그래, 처음엔 나도 너와 함께 이 세계에 남으려고 했어. 그때 우린 사랑했으니까.」

대답하는 정호의 표정이 어두워졌다. 홀로그램의 일렁임은 어느 고독한 남자가 뿜어낸 담배 연기처럼 흐릿했다. 미묘한 거리감은 이전 생애 친밀감과는 확연히 결이 달랐다.

외롭게 자란 정호는 결혼 후 선우의 작은 정성에도 쉽게 감동하곤 했었다. 바지락 넣고 뚝딱 끓여낸 된장찌개 한 그릇도 최고급 요리처럼 감탄했다.

"바지락 된장찌개가 이렇게 기막힌 맛인 줄 몰랐어. 외숙모님도 가끔 끓여주시곤 했는데 왜 처음 맛보는 것 같지?"

정호가 웃고 있던 그 저녁 식탁은 선우의 뇌리에 고스란히 담겨 있었다. 강변에 나란히 앉아 마시던 예가체프 커피 향도 여전히 혀끝에 감돌았다. 늦가을 주말이면 함께 오르던 산행의 기억도 선명했다. 정상 가까이 이르러 숨이 턱에 차오를 때마다 정호가 내민 손을 잡으면 힘이 났다. 그때 눈에 담겼던 빨간 단풍이 아직 망막에 물들어 있었다. 서로를 껴안고 잠들던 침실의 나른함도 피부에 스민 채였다.

 그런데 정호의 홀로그램에서는 아무런 감정의 파고가 느껴지지 않았다. 사랑과 감사로 충만했던 옛 모습이 그리웠다.

「선우야, 이해해 줘. 사는 게… 너무 힘들었어. 사람들에게 철저히 버림받았거든. 내 전략으로 고수익을 얻었던 사람들이 코인이 장기 폭락하자 하루아침에 등을 돌렸어. 매일 사무실과 집으로 찾아와 돈 내놓으라며 악다구니를 쓰더군. 너 먼저 떠나고 홀로 지낸 오십 년… 나한텐 만만한 시간이 아니었어. 돈도 잃고 사람도 잃고… 나 자신까지 무너졌지. 시간이란 거, 절대로 연장하고 싶지 않았어. 그만큼 지쳐 있었다면 대답이 될까?」

 선우의 짙은 눈썹이 꿈틀거렸다. 정호의 대답은 비겁한 변명처럼 들렸다. 시간 안에서 필연적으로 고통을 겪는 인간이라면 누구든 만만한 삶은 없을 터였다. 항암치료와 죽음의 공포를 견뎌낸 나의 고통은 무엇이었느냐고 반문하고 싶었다. 정호의 홀로그램은 아내의 병상에서 흐느끼던 절절함을 다 잊은 듯했다.

「시간이 흐를수록 사람이 싫어졌어. 육십 대 초반부터 죽는 순간까지 거의 이십오 년을 술로 보냈어. 물론, 언제나 널 생각했어. 질소 탱크 안에 갇힌 네가 얼마나 추울지 상상할 때마다… 내 심장도 얼어붙는 것 같았지. 그래서 더 술을 마셨어. 나중엔… 술에 먹혀버렸지. 알코올 중독이었던 내 말년을 떠올리면 술 냄새부터 풍겨.」

자조를 쏟아놓던 정호의 홀로그램은 자기 연민으로 고개를 떨궜다. 선우 눈에는 변해버린 그의 모습이 흉하기만 했다. 낯선 타인 같았다.

"그래? 당신의 세상이 그렇게 고통스러웠다면, 더더욱 내가 있는 이 세계로 왔어야지. 고통보다 더 강한 게 우리 사랑 아니었어?"

마음에서 우러난 진심은 입 밖으로 나오는 순간 원망으로 변했다. 첫 홀로그램 미팅 때 폭발했던 그리움의 눈물이 다시 차올랐다. 백오십 년을 홀로 질소 탱크 안에 갇혀 있던 서른다섯 살 인생을 생각하면 억울했다. 정호는 언제나 아내를 생각했다지만 나약한 핑계에 불과해 보였다. 자기 삶의 무게에 짓눌려 죽음을 넘어선 약속 따윈 까맣게 잊어버린 사람 같았다.

「선우 넌 시간을 뛰어넘어서도 여전히 기억이 생생한가 봐. 시간 안에서 흐르다 보면 단단했던 기억도 희미해지기 마련인데… 나만 그런 건가?」

정호의 홀로그램은 고개를 들고 아득한 눈길로 옛 아내를 바라보았다. 그의 눈동자는 무심했고, 말투는 담담했다. 합리화된 그의 말이 선우에겐 궤변의 충격으로 다가왔다. 그간 시간의 통제를 벗어나 있었기에 사랑의 감정을 유지하고 있다는 투였다. 인생 서사를 통째로 부정당한 듯 화가 났다. 백오십 년 전 정호가 지켜보는 앞에서 화장火葬되지 못한 게 후회스러웠다. 한 줌의 뼛가루로 흩어졌다면, 기억의 굴레에서 벗어나 자유로운 영혼이 됐을 터였다. 시간의 통제를 받는 몸보다 시간을 극복한 영혼이 훨씬 더 고아하게 느껴졌다.

「나까지 냉동 프로젝트에 참여했더라도 어차피 너와 나의 시간은 달랐을 거야. 백 년 뒤 찌들고 남루한 늙은이로 네 앞에 서고 싶지 않았어. 술 냄새를 풀풀 풍기겠지. 그래도 네가 날 사랑할 수 있을까? 그보다 더 큰 문제는 나에게 시간이 지긋지긋했다는 거야. 자유로워지고 싶었어. 시간에서 놓여나고 싶었어.」

"결국, 우리 사랑이 시간의 힘보다 약했다는 얘기구나. 그렇지?"

선우는 자신이 던진 질문이 점점 힐난으로 바뀌는 걸 무력하게 지켜보았다. 강한 스트레스를 받으면 대뇌 피질에서 뉴런의 교란이 일어난다던 김 박사의 경고가 생각났지만, 이미 통제 밖이었다. 제어 불능 상태의 감정이 신경회로의 오류만으로 설명되지 않았다.

「선우야, 기억을 탓하는 건 비겁한 일이지만, 기억이란 참 이상해. 시간을 따라 차츰 마모되고 말더라.」

"뭐? 그러니까, 나와의 시간을 망각했다는 뜻이야?"

「그래, 망각. 너보다 오십 년을 더 살면서 망각이 고마웠다면 이해하겠니? 망각 없이 홀로 어떻게 오십 년을 버틸 수 있었겠어? 그때 나한텐 너밖에 없었는데. 네가 떠난 직후의 슬픔을 안고 시간을 견뎌야 했다면… 어쩌면 극단적인 선택을 했을지도 몰라.」

"난 의식이 꺼지는 순간까지 우리 사랑을 굳게 믿었어!"

선우의 손끝이 떨리기 시작했다. 눈동자도 흔들렸다. 생애를 건 사랑을 정호가 모독하고 있다는 판단에 배신감이 차올랐다. 사랑을 잊게 만든 망각을 예찬하다니, 사랑했던 시간은 아침 안개에 불과했다는 뜻이었다.

「그땐 나도 사랑을 믿었어.」

"제발 망각을 핑계로 당신의 변심을 정당화하지 마! 비겁해 보여. 차라리 미안하다고 사과라도 해!"

「어쩌면 우리 사이에 아이가 없어서 망각을 앞당긴 건지도 몰라. 만약 아이가 있었다면, 그 존재는 너와 나눈 스토리의 실체일 테니 더 오래 기억했을지도 모르지.」

 정호의 황당한 논리에 선우는 부당하다는 듯 고개를 가로저었다. 입술은 충격으로 벌어졌고 눈동자는 더 심하게 흔들렸다. 지난 생애 내내, 단 한 번도 아이의 존재가 사랑의 진정성을 결정짓는다고 생각해 본 적 없었다. 아이를 갖는다는 건, 그저 언젠가 다가올 막연한 미래일 뿐이었다. 유전자를 세상에 남기는 일은 사랑의 본질과는 무관했다. 남편과 함께 보내는 매 순간의 깊이가 선우에겐 전부였다.

「미안해. 나 혼자 남겨진 세상은 그만큼 누추하고 초라했어.」

"그럼, 나의 냉동 프로젝트도 취소했어야지. 왜 나만 이 낯선 세계에 홀로 던져둔 거야?"

 분노 섞인 옛 아내의 목소리에 정호는 한숨을 쉬듯 대답했다.

「넌 나와 달랐어. 너는… 너의 세례명처럼, 헬레나였어. 태양처럼 밝은 사람이었지. 사랑받으며 자랐기에 새로운 생애도 잘 적응하리라 여겼어. 네 동의 사항을 마음대로 취소할 수도 없었어. 내 절망을 이유로 네 인생을 번복할 권리는 더더욱 없었지.」

시간을 거의 다 써버린 정호의 홀로그램은 한층 더 창백해졌다. 소멸하는 연기 입자처럼 조금씩 형체가 흩어지기 시작했다. 정호의 인생 데이터 총합은 과부하로 재생이 흔들리고 있었다. 홀로그램은 겨우 말을 이었다.

「대신 널 위해 내 홀로그램을 남겼어. 사실 난 인생의 어떤 그림자도 세상에 남기고 싶지 않았는데…」

정호도 노년에 이르러 자신의 생애 기록과 파일을 홀로그램으로 변환하는 데 동의했다고, 김 박사가 전해주었다. 2075년 그가 영면에 들었던 해, 그 무렵 부유한 사람들 사이에선 홀로그램으로 존재를 기록하는 일이 유행처럼 번졌다고 했다. 누적된 업무 정보와 목소리와 습관, SNS 자료와 주변인들의 증언 총합은 대행사를 통해 지금 선우의 눈앞에서 서른다섯 살 모습에 가까운 형체로 재생되고 있었다.

"그래, 당신도 내가 불러줄 때까지 백 년 동안 침묵 속에 갇혀 있었겠지. 하지만 데이터 총합일 뿐 이정호의 실체는 아니잖아. 나는 당신의 실체가 그리워. 만질 수 있는 뺨과 따뜻한 품이 필요하다고!"

격양된 목소리가 거실 공간을 흔들었다. 선우는 그리워서 불러 놓고 원망만 쏟아내는 자신을 처연하게 바라보았다.

「미안해, 선우야… 나 이제 정말 쉬고 싶어… 피곤해…」

홀로그램의 푸른 난반사마저 창백한 회색으로 변하기 시

작했다. 급격히 상태가 나빠지면서 목소리에 균열까지 생겼다. 정호가 다시 사라질까 봐 두려워진 선우는 격분해서 따졌다.

"왜 내 인생을 당신 마음대로 결정했어? 이해할 수 있는 답을 줘. 제발 해명하라고!"

정호의 홀로그램은 지친 듯 두 눈을 감았다. 이미 백 년 전에 죽은 그가 다시 죽을 것처럼 힘들어 보였다. 그의 고통이 고스란히 선우에게로 전이되었다.

「그땐 나한테도 너한테도… 사랑이 가장 절실했으니까…. 그땐 그랬으니까….」

정호의 마지막 변명이 비루하다고 느끼며 선우는 오열했다. '그땐 그랬으니까', 과거 완료형의 어구가 참담한 가슴을 할퀴며 지나갔다. 사랑의 유효기간은 오래전에 끝났다는 의미였다. 남편의 실체가 아닌 데이터 총합의 대답인 줄 알면서도 아팠다. 그렇지만 그의 그림자도 분명 존재의 일부였다.

"자꾸 시선이 이전 생애로 돌아가. 그게 날 미치게 해. 당신을 처음 만나던 때로, 혼인미사 드리던 때로, 가족이 모여 웃고 식사하던 때로, 뭐든 처음, 처음, 처음! 기억이 날 항상 처음으로 끌고 가!"

「그래도… 나를 끝까지 살게 한 건… 너와의 기억이었어.」

몇 점의 광선으로 남은 정호를 돌려보내야 할 것 같았다. 더 과용하면 오랫동안 불러내지 못할 터였다. 홀로그램의 쓸쓸한 얼굴이 안개처럼 흩어졌고 목소리는 수신이 끊긴 주파수처럼 갈라졌다. 선우가 코마 순간에 그랬던 것처럼, 지금 정호의 귀엔 옛 아내의 절규가 먼 메아리처럼 들릴 터였다. 홀로그램은 닫히려는 의식을 간신히 지켜내며 당부했다.

「시간을 포기하지 말아줘…. 너에게 시간을 주기 위해… 사랑과 돈이 들어갔어… 그리고 무엇보다… 네 시간 안엔 내 소망도 들어있어… 그러니까 제발… 시간을 살아줘…」

툭.

홀로그램은 일순 사라졌다. 시간을 살아달라는 마지막 당부는 유언처럼 가슴을 찢었다. 이미 죽은 정호가 잠깐 환생했다가 영원히 죽은 듯한 충격에 휩싸였다. 과용으로 오랫동안 홀로그램도 호출할 수 없게 되었다. 무거운 정적이 공간을 짓눌렀다. 선우는 회복 센터 거실이 질소 탱크 내부인 양 굳은 채로 앉아 있었다. 미동조차 없었다. 홀로그램과의 미팅에서 그녀가 얻은 건 인간의 사랑이 얼마나 비루한 것인지 자각한 사실뿐이었다. 인간에게서 비롯된 그 어떤 것도 시간을 뛰어넘지 못한다는 절망이 뼛속까지 파고들었다.

답답해진 선우는 겨우 일어나 서쪽 창문을 열었다. 밤하늘에 돋은 건 수백, 수천 광년 떨어진 멀고 먼 별 무리였다. 우주는 거대하고 비밀스러운 침묵 속에 싸여 있었다. 무언의 어둠을 응시하던 시선 끝에, 문득 한 남자의 형상이 어른거렸다. 아무도 없는 밀러 행성을 홀로 걷고 있는 남자. 영화 〈인터스텔라〉의 주인공 '조셉 쿠퍼'였다. 왜 지금 그의 얼굴이 갑자기 의식의 수면 위로 떠올랐는지 알 수 없었다. 선우는 생각하느라 미간을 좁혔다. 지난 생애, 영화를 보는 내내 쿠퍼에게 감정을 이입해 공포감을 느낀 기억이 있었다. 어두운 극장 한편에 앉아 자신의 무의식 깊숙이 잠재한, 무시무시한 고립 공포증을 직면했었다.

지금 이 밤의 낯선 배경도 밀러 행성인 듯 숨이 막혔다. 심리적 중력이 전혀 다른 세계를 홀로 떠도는 이 시간, 침묵으로 일관하는 우주 공간에 사랑하고 사랑받을 존재는 그 어디에도 없었다. 선우는 다시 격해지려는 호흡을 진정하며 천천히 숨을 들이마시고 내쉬었다.

"자, 천천히 숨을 들이마시고 내쉬어요. 한 번, 두 번, 세 번…. 그래요, 잘하고 있어요. 힘을 내요. 이제 곧 편안해질 거예요."

이전 생애 호스피스 병동에서 호흡을 도와주던 담당 의사의 음성이 떠올랐다. 호흡할 힘마저 바닥나던 그때, 그는 선우에게 말했다. 죽음이란, 완전한 평안의 땅으로 향하는 순례자의 마지막 관문이며 탄생만큼 의미 있는 과정이라고. 의식의 끝자락에서 내밀어 줬던 담당 의사의 위로가 문득 그리웠다. 그의 육체도 오래전에 한 줌의 흙으로 흩어지고, 자유로워진 영혼은 평안의 땅에 머물고 있을 터였다. 그리움이 점령한 선우의 동공에 다시 눈물이 고였다.

마치 이 순간을 기다렸다는 듯, 천장에 부착된 원격 의료 센서가 조용히 눈을 떴다. 센서의 눈은 클라이언트의 과호흡과 각막을 덮은 눈물을 정밀한 각도로 스캔했다. 이윽고 점점 격해지는 신체 반응을 초 단위로 추적하기 시작했다.

*

"선우 씨."

나직한 소리가 환청처럼 귓가를 스쳤다. 아주 잠깐, 서른다섯 살의 정호가 사랑스러운 얼굴로 현관 밖에 서 있는 모습을 상상했다. 선우는 천천히 소파에서 몸을 일으켰다. 간편 실내복은 식은땀으로 흠뻑 젖어 있었고 이마와 목덜미는 아직 축축했다. 현관 센서 홀로그램에는 익숙한 얼굴, 김 박사가 서 있었다. 회진차 방문한 회복 담당자의 눈은 조심스러운 연민으로 가득했다. 괜히 울컥해진 선우는, 가슴에 맺힌 것들을 토로하고 싶은 충동에 휩싸였다.

"얼굴을 보니… 또 울었던 모양이군요."

"저녁에 잠깐 잠들었다가 아홉 시쯤 깼어요. 갑자기 남편 얼굴이 너무 보고 싶더라고요. 결국 홀로그램을 불러내고 말았는데… 감정이 북받쳐서 그만… 그런데, 이 시간에 오신 건 왜죠?"

"담당 클라이언트 생체 반응에 위험 신호가 감지되면, 원격 의료 센서로 바로 전달되는 거 알잖아요. 우려 단계로 떠서 뛰어왔어요."

선우의 해동과 회복을 담당해 온 김성훈 박사는 알코어 생명연장재단 한국지사 이사 중 한 사람이었다. 그는 백오십 년 전 선우에게 암을 선고한 대학병원 과장처럼 관조적인 말투를 지니고 있었다. 감정을 덜어낸 담담한 말투가 오히려 선우를 안심시켰다.

"아, 그렇죠. 여기선 개인 정보 보호는 사치죠. 포기해야 하죠."

선우는 멋쩍게 웃으며 김 박사와 마주 앉았다. 홀로그램 미팅 후유증인지 편두통이 쉬 가라앉지 않았다. 미세하고도 집요한 통증이 양쪽 관자놀이를 파고들었다.

"개인 정보 보호를 포기한 대신 다들 백 년 이상의 인생을 얻었잖아요. 암 정복 후 인간의 수명이 이삼십 년은 더 연장됐으니까요."

"박사님, 의미 없는 시간을 오래 사는 게 과연 축복일까요? 난 해동 후의 시간이 너무 지루해요. 천천히 흐르는 시간에 숨이 막혀요."

 종일 기다려온 아빠에게 서러움을 터트리는 아이처럼 선우는 울분을 쏟아냈다. 시간을 견디는 고통이 임계점을 초과하면서 백오십 년을 폐기하고 빨리 흐르던 예전의 시간으로 회귀하고 싶었다. 냉동 보존 전으로, 임종 전으로, 투병 전으로, 나른한 봄날 성당 뜰로 돌아갈 수 있다면 다시는 느리게 흐르는 시간 따윈 갈망하지 않을 터였다. 노을 비끼는 저녁 강변에 앉아 아메리카노 한 잔만 마셔도 저절로 밀도가 높아지던 시간이 그리웠다. 시간은 철저히 주관적이며 관계의 기반 위에서만 빛난다는 사실을 절감하며 선우는 눈을 감았다.

 김 박사의 눈에도 짙은 공감이 섞여 들었다. 흡사 아픈 딸을 바라보는 아빠의 시선처럼 온기가 담겨 있었다.

 "해동 인간이라면 누구나 석응 과정에서 고통을 겪습니다. 예외는 없어요."

 "저는… 특별히 더 부족한 인간인가 봐요. 회복 센터에 있는 다른 해동 인간들은 그럭저럭 시차를 극복해 내고 있다면서요."

 해동 인간들의 회복 과정은 철저히 분리된 개인 구획 안에서 이루어졌다. 각자의 냉동 기간과 출신, 가치관이 달라 회복 완료 후 공동 주택으로 나가기 전까지 그 어떤 접촉도

허용되지 않았다.

"대부분의 해동 인간은 오십 년 안팎의 냉동 기간을 거치는데, 선우 씨는 기간이 너무 길었어요. 적응이 더 힘든 건 당연해요."

냉동인간 프로젝트가 본격화된 건 오십 년 전후의 일이었다. 해동 성공이 가시화되던 시점에 신청한 이들이 대부분이었고, 그들 중 다수는 비교적 짧은 공백을 거쳐 깨어났다. 그러나 선우는 해동 인간 사회 내에서도 홀로 무려 백 년의 공백을 감당해야 했다. 첨단 문명 시대에 백 년이란 인류의 패러다임을 몇 번이나 바꿔버릴 만큼 긴 시간이었다. 과거의 질서와 언어, 감각을 무력화하기에 충분했다. 선우는 문득, 옛 신혼 보금자리를 점령한 시간연구소 플렉스를 떠올렸다. 그 거대하고 오만한 건축물의 문을 밀치고 들어가 목청껏 외치고 싶었다. 장차 다가올 시간 폐기엔 관심조차 없으니, 이미 흐른 시간의 폐기 방법부터 내놓으라고.

"하지만 냉동 기간이 길든 짧든 모든 해동 인간은 결국 같은 과정을 겪어요. 겉으론 시간을 극복한 듯 보여도, 사실은 다들 버티고 있는 거예요. 재작년 미국 본사에서 내가 담당했던 클라이언트의 이야기 들어볼래요?"

김 박사의 얼굴 위로, 회기동의 서사를 들어보라던 할아버지 라파엘의 얼굴이 겹쳐 보였다. 만약 김 박사가 가톨릭

신자가 된다면 세례명으로는 '라파엘'이 어울릴 것 같았다. 선우는 연약한 클라이언트를 따뜻하게 응시하고 있는 눈앞의 남자가 새삼 든든했다. 문득, 현실을 초월한 듯 보이는 그의 스토리를 듣고 싶었다. 그도 익숙한 자기 세계를 떠난다면 지금처럼 담담할 수 있을지 궁금했다.

"그 클라이언트는 마흔 살에 췌장암 진단을 받고 두 달만에 세상을 떠난 여성이었어요. 생전엔 자연주의자였고, 무상검진도 페트PET 검사도 마다했죠. 그녀에겐 열세 살 된 외아들이 있었는데 엄마를 갑자기 잃고 말았죠. 아들은 냉동된 엄마가 깨어나길 오십 년이나 기다렸어요. 사랑하는 엄마와의 재회를 하루하루 손꼽아 기다린 아들의 오십 년을 상상할 수 있겠어요? 아들에겐 흐르기를 멈춘 듯 아주 길고 긴 시간이었겠죠. 그래도… 시간은 흐르고야 만답니다."

김 박사는 마지막 말에 유독 힘을 주었다. 수용하기 벅찬 진실을 담담한 이야기로 풀어내는 그의 모습에 선우는 할아버지 라파엘의 인자한 모습을 다시 연상했.

"드디어 오십 년이 지나, 그녀가 깨어났답니다. 열세 살이던 아들은 어느새 예순세 살이 돼 있었죠. 그런데… 육십 대 아들이 염려로 쏟아놓는 잔소리에 마흔 살 엄마는 곧 지치고 말았어요. 철없는 엄마에게 아들도 점점 실망했고요.

서로를 향한 기대는 빗나갔고, 기다림의 무게는 둘 모두에게 상처가 됐죠. 엄마는 결국 해동 과정을 되돌려놓으라고 소리쳤고, 아들은 그런 엄마를 원망했어요. 선우 씨… 인간의 사랑을 믿어요?"

김 박사의 질문이 선우의 텅 빈 가슴으로 밀려와 출렁였다. 영원은커녕 오십 년도 지킬 수 없는 인간의 사랑은 무력해 보였다. 어쩌면 시간이란, 신의 자리를 넘보며 교만을 부리다 내쳐진 천사일지도 몰랐다. 악마로 타락한 시간은 자신 안에 품었던 것들의 선한 본성을 흑화하기로 작정했을 것이다. 인간의 사랑을 자신 안에 가둬서 망각하게 하고 뒤틀리게 만들고 저주하도록 조종하는 악의 본체야말로 시간 같았다. 서른다섯 살의 정호와 여든다섯 살의 정호 중 어느 쪽에 깃든 감정이 진실인지 선우도 혼란스러웠다. 둘 다 진실이라면 그건 시간이 부린 최악의 마법일 것이다. 이 세계에서 살아내려면 여든다섯 살 정호의 감정만 인정하는 편이 나을지도 몰랐다. 인간의 사랑을 불신해야 심장은 냉담하게 얼어붙고 뜨거운 눈물도 그치게 될 테니까. 사랑을 향한 차가운 심장이야말로 이 세계의 일원으로 적응하기 위한 백신이 돼줄 것이다.

정호에 대한 실망감은 부모님의 사랑까지 의심하도록 만들었다. 선우는 무너진 신뢰가 순식간에 불신의 파도로 엄습하는 걸 내버려두었다.

"박사님, 제 부모님은 독실한 가톨릭 신자였어요. 그런데… 어떻게 그분들이 딸을 냉동 프로젝트에 넘길 수 있었을까요? 도무지 이해가 안 돼요."

상처 입은 내담자를 대하는 능숙한 상담자처럼 김 박사는 인자한 미소를 먼저 보냈다. 견고한 이성과 예리한 지성을 겸비하고 섬세한 감성까지 아우른 그는 클라이언트의 흔들리는 눈동자를 부드럽게 응시했다.

"음, 부모님 입장에선 서른다섯 살 외동딸의 죽음을 수용하기 힘드셨겠죠. 어쩌면 냉동 프로젝트를 신청해 준 부자 사위가 고맙지 않았을까요? 그 시대엔 자본가나 유명 과학자 정도만이 수혜자가 될 수 있었으니까요. 해동보다 더 어려운 건 백오십 년간의 유지비를 감당하는 일이었어요. 그건 특권이었죠."

부모님의 심정을 가늠해 보며 선우는 이내 속절없는 연민으로 무너졌다. 딸의 투병을 지켜보던 그분들의 절망이 어제 일인 듯 선연했다. 항암치료 당시 앙상한 딸을 쓰다듬던 어머니의 손길이 현실의 결핍으로 다가왔다. 그럼에도 불구하고, 생명보다 귀한 딸을 낯선 세계에 홀로 남겨둔 결정은 원망스러웠다. 감정이 순식간에 번복되고 파도처럼 요동쳤다. 분노와 연민, 기대와 절망, 증오와 그리움 사이에서 감정은 길을 잃은 듯했다. 선우는 편두통이 점점 심해지는 관자놀이를 양손으로 꾹 눌렀다. 지켜보는 김 박사의 얼굴에도 짙은 안타까움이 스쳤다.

"힘내요, 선우 씨. 시간을 얻으려면 대가가 필요합니다. 생명은 시간 안에서 피는 꽃이니까요."

"그렇다면, 현재의 고통은 시간을 얻기 위한 희생 제물인가요? 시간을 얻으려고 여기까지 왔는데, 시간이 오히려 고통이 됐어요. 내가 원한 건 물리적 시간이 아니라 정서적 시간이었어요. 스토리를 품은 시간 말이에요. 혹시 이전 생애 기억에서 벗어난다면 이 세계에서 살아낼 수 있을까요?"

김 박사는 모호한 미소를 머금었다. 그는 선우가 한 생애에서 또 다른 생애로 넘어가는 변곡점에서 만난 사람이었다. 그 지점이 인지의 한계 밖이어서일까. 선우는 시간의 속성을 꿰뚫고 있는 김 박사가 신이 보낸 선지자처럼 느껴졌다. 수많은 해동 인간을 다뤄온 이력 때문인지 그가 곁에 있으면 이상하게 안심됐다. 절박한 현실 앞에 설 때마다 진정제가 돼주었다. 앞으로의 길을 안내할 이도 현재로선 그뿐이었다. 생각에 잠겼던 김 박사는 망설이는 듯하다가 어렵게 입을 열었다.

"선우 씨, 솔직히 고백하자면 사실은 나도…"

"박사님이 고백할 일이란 뭘까요? 드디어 박사님의 스토리를 들려주시는 거예요? 그렇지 않아도 박사님의 스토리가 궁금했어요."

"사실은 나도… 해동 인간입니다."

"박사님이 해동 인간이라뇨? 도대체 무슨 말씀인지…"

선우는 눈을 동그랗게 떴다. 시대 최고의 지성인인 그가 이 세계에서 가장 열등한 인간 부류로 취급되는 해동 인간이라니, 고백은 충격으로 다가왔다.

"나는 2010년에 태어나 2055년에 죽었습니다. 선우 씨보다 이십 년 늦게 태어났죠. 우리는 십오 년이라는 시간을, 그것도 서울이라는 공간에서 마치 하나의 삶처럼 공유한 셈입니다."

선우는 요동치는 심장을 진정하려고 애썼다. 침묵 속에 몇십 초가 흐르면서 차츰 전후 상황이 해석되기 시작했다. 그간 김 박사에게서 느낀 동시대적 공감은 우연이 아니라 사회적 집단무의식에서 발현된 것임을 깨달았다. 충격이 순식간에 경탄으로 승화하면서 묘한 친밀감이 선우를 에워쌌다.

"한참 냉동 프로젝트 연구에 몰두해 있던 마흔다섯 살에 담도암 말기 판정을 받았습니다. 몸이 상하는 줄도 모르고 연구에만 몰입해 있던 탓이죠. 밤낮 없이 연구실에서 살았어요. 내 투병 소식에 한국 최고의 냉동 과학 기술자를 잃을 수 없다며, 주변 과학자들이 냉동 보존의 뜻을 모았어요. 냉동 프로젝트 연구자에서 대상자가 된 거죠. 시간은 한 인간의 정체성을 완전히 뒤바꿔 놓기도 한답니다. 당시 나는 냉동 프로젝트 과정 중 체액 수분을 완벽하게 제거할 방법을 모색 중이었어요. 혈액 대신 부동액을 채우는 연구는 이미 검증된 상태였지만, 수분 제거 연구는 여전히 진행 중이었죠. 체액 수분이 어는 과정에서 세포막 훼손 문제가 냉동 프로젝트의 결정적 걸림돌이었거든요. 호스피스 기간을 보내면서 고민 끝에 동의했습니다. 그토록 힘겹게 쌓은 연구 성과를 죽음으로 소실하기 아까웠고, 후대에 깨어나 진척된 결과도 보고 싶었습니다. 그래서 난 선우 씨 마음, 누구보다 잘 압니다. 1967년 최초로 냉동된 제임스 베드포드 박사를 비롯해 모든 해동 인간의 공통된 아픔이니까요."

선우는 감격 어린 눈빛으로 김 박사를 바라보았다. 그에게서 묵직한 시간의 향기가 전해져왔다. 선한 얼굴 뒤로 후광처럼 비치는 고독한 그림자가 그의 이력을 말해주는 듯했다. 새로운 시각으로 보니, 해동 인간이 아니라면 교감할 수 없는 깊은 눈동자를 지니고 있었다. 김 박사는 가볍게 한숨을 쉬고는 독백하듯 말을 이었다.

"선우 씨, 이전 생애 기억에서 벗어나고 싶다고요? 기억이 사라지면 존재도 사라집니다. 가혹하지만 엄밀히 말해, 선우 씨는 백오십 년 전의 기억 단자에 불과해요. 급속 냉동 후 해동됐으니, 육체는 꺼질 듯 깜빡이는 불빛과 같습니다. 기억이야말로 존재 자체입니다. 고스란히 간직하면 좋겠어요. 힘들어도 옛 기억을 묵묵히 안고 가는 모습만큼 아름다운 건 없으니까요."

창밖은 이미 짙은 어둠에 싸여 있었다. 두 사람의 대화가 잠시 중단되자 거실 공간은 고요해졌다. 어둠을 배경으로 앉은 김 박사의 실루엣이 언뜻 정호와 닮아 보였다. 선우는 십오 년 같은 시간을 공유한 그에게 기대 실컷 울고 싶었다. 클라이언트 감정 맞춤형 전기 시스템은 즉시 조도를 낮췄다. 민망한 감정을 적시에 가려주는 테크노피아 세계의 배려가 고마웠다. 동시대를 살다 낯선 시대에 함께 불시착한 동반자를 만난 건 아무래도 기적 같았다. 옆에 그가 있어 든든했다. 선우는 착한 아이처럼 고개를 끄덕였다. 김 박사의 조언대로 이전 생애 기억을 간직하겠다는 순한 대답이었다. 긍정적인 반응에 용기를 얻은 김 박사는 현실적인 제안을 했다.

"이정호 씨가 선우 씨를 위해 남긴 계좌가 있다고 말했었죠? 계좌 금액은 냉동 보존 동안 십 년 단위로 열다섯 번의 갱신을 거쳐 현재 가치로 환산되어 있습니다. 공동 주택으로 나가 생활하기에는 충분한 금액입니다. 이젠 원스톱 재정 시스템 전환에 동의해야죠?"

해동 과정에서 이마 상피에 재정 칩이 심어졌고, 동의만 하면 가상 화폐는 언제 어디서든 사용 가능 상태가 될 터였다. 공동 주택 내에서는 동의 과정을 변용해 어리숙한 해동 인간의 재정을 빼돌리는 사기 범죄가 성행 중이라고 했다. 동시대 스토리가 없는 이들과 공동 주택에서 어울려 살 자신이 없었다. 쇠약한 몸이나 지식의 괴리보다 더 끔찍한 걸림돌은 공감 부재로 보였다. 선우는 즉답하지 못한 채 머뭇거렸다. 아직은 재정까지 관리할 여력이 없었다. 정서적 적응이 먼저였다.

"천천히요. 좀 더 있다가 전환할게요. 이 세계의 생활인이 되기엔 시간 극복이 버거워요."

"선우 씨, 힘들겠지만 앞으로 공동 주택에 나가서 다양한 인간군과 어울려 봐요. 사랑에는 출신의 한계가 없어요."

"박사님, 열등한 체력이나 지식의 한계는 문제가 되지 않아요. 부끄럽지도 않고요. 바깥 세상엔 박사님처럼 내 시간을 이해할 존재가 없는걸요."

낯선 세계에 속히 적응해야 하는 지금, 선우에게 시간은 이중적인 고통을 주었다. 적응하려면 시간이 절실히 필요한데, 외로운 이 세계를 떠나려면 시간을 빨리 흘려보내야 했다. 자가당착을 넘어 패착에 이른 딜레마였다.

 이전 생애에선 시간에 쫓기지 않는 여유로운 삶이 동경의 대상이었다. 유방암 발병 전까지 서울교육청 소속 변호사로 일하는 내내 시간이 천천히 흘러주길 바랐다. 개인 시간이 보장된다는 점에서 교육청 근무는 매력적이었다. 아침 아홉 시와 저녁 여섯 시, 정시 출퇴근이 확실했다. 대형 로펌 소속의 로스쿨 동기들은 하나같이 선우의 시간을 부러워했다. 그들은 높은 보수를 받으면서도 시간까지 얻고 싶어 안달했다. 부자 남편 덕분에 돈과 시간을 다 얻었다는 질투 섞인 말로 그녀의 속을 긁었다. 선우는 시간을 질투하는 동기들을 보면 속상했다. 교육청 업무 시간 안에서도 살아있는 자아를 확인하기란 쉽지 않았다. 물론, 교권 침해 피해 교사들과 학교폭력 피해 학생들을 변호하는 일에 보람을 느꼈지만, 가치 중립의 물리적 시간도 업무와 손잡으면 검은 속내를 드러냈다. 자기 안에 갇힌 인간에게 수시로 스트레스와 긴장감을 주었고 가끔은 실수와 두려움도 안겼다. 퇴근 후 개인의 일상으로 빠져나오면 그제야 시간은 다시 얼굴을 부드럽게 바꿔 천천히 흘러주었다. 일의 생산성과 자아의 균형은 선우에게도 언제나 과제였다.

 "변호사답지 않은 반응이군요. 선우 씨는 이성적인 직업을 가진 분이지만 겪어 보니 굉장히 감성적인 사람이더군요. 감성적일수록 환경 변화에 따른 적응력은 취약하죠."

 김 박사는 시간의 속성을 체득한 선견자답게, 상처 입은 클라이언트의 심리를 정확하게 분석했다. 선우는 변호사였던 자신을 변호하고 싶었다.

"사람을 변호하는 일은 이성에 근거하지만, 감성도 꼭 필요해요. 교육청에서 일하는 내내 상처 입은 교사들과 학생들에게 연민을 느꼈고, 진심으로 도와주고 싶었어요. 다만, 연민에 깊이 빠지지 않으려 노력했어요. 일에만 몰두한 시간은 자아를 잃게 만드니까요. 자아를 지켜내려고 천천히 흐르는 시간을 그토록 선망했었나 봐요."

"선우 씨를 만난 지 겨우 육 개월이지만, 참 따뜻한 사람이라는 확신이 듭니다. 그 누구의 그 어떤 모습도 수용해 줄 것 같습니다."

"과찬이세요. 이 세계에 던져지고 나서야 비로소 자기 객관화가 되고 있는걸요. 이전 생애에서 본 적 없는 내 뒷모습을 보고 있어요. 저는 감성적인 사람보다는 감정적인 사람에 가까운걸요. 요즘 거울 치료 받는 기분이에요."

"'거울 치료'라는 말에서 동시대적 연대감이 느껴집니다. 하하. 천천히 흐르는 시간 선망은 당시 모든 직장인의 공통점이었죠."

 김 박사는 얼른 말을 돌렸다. 선우가 자아 부정에 빠질까 봐 의식적으로 화제를 전환했다. 그는 긍정적 착각이야말로 현재 선우에게 가장 필요한 심리적 묘약이라고 판단했다. 과도한 자기반성과 직면은 오히려 독이 될 수 있었다. 현실 상황에서 지나친 자기 객관화는 좌절감만 부추길 뿐이었다.

"박사님은 다 기억하고 계시네요. 역시 동시대 사람다워요."

선우는 그와 대화하는 시간이 갑자기 즐거워졌다. 서로 동시대 에피소드를 나누는 시간이 아깝지 않았다.

"시간을 천천히 누리려던 인간의 욕구도 선우 씨가 냉동되고 백여 년 뒤 시들해졌습니다. 인류는 이제 시간 자체를 폐기하려고 양자 물리학을 활발히 응용 중이죠. 시간을 늦추는 데 만족하지 않고 흐름을 아예 멈추게 하려는 겁니다."

"그게 가능할까요? 인간은 필연적으로 시간 안에 갇힌 존재잖아요. 오만한 시간이 과연 인간을 그대로 둘까요?"

"아직은 달성을 의심하는 추세지만 불가능한 건 아닙니다. 냉동 프로젝트 이론도 백오십 년 전엔 허상이라며 비웃었는데, 결국 실현되었죠. 백오십 년 전에 의식을 상실한 선우 씨가 여기 이렇게 의식 속에 존재하잖아요. 백오십 년의 시간을 얼려뒀으니 부분 폐기인 셈이죠. 언젠가 시간의 완전 폐기가 이루어지면 냉동 보존 같은 번거로운 절차 없이 순간 이동도 가능할 겁니다."

선우는 서늘해졌다. 천천히 흐르고 싶어 질소 탱크 안에 시간을 가두었는데 얼어서 순간이 돼버린 백오십 년이 끔찍했다. 시간 큐브 속에 갇히고서야 깨닫게 됐다. 한번 갇히고 나면 벗어날 수 없다는 게 시간의 치명적 단점이라는 걸.

이전 생애도 누군가에겐 외로운 곳이었을지 잠깐 반추하다가 남편 정호를 떠올렸다. 부모도 아내도 자식도 없던 그의 상황을 잊고 있었다는 자각이 일었다. 아내를 떠나보낸 후 그도 낯선 행성에 홀로 불시착한 시간을 살았을 텐데, 홀로그램을 향해 원망만 쏟아놓은 것이다. 때늦은 후회가 몰려왔다. 낯선 세계에서 겨우 육 개월 살아내면서 몸서리치는 자신에 비하면 정호는 오십 년을 견뎌낸 사람이었다. 살아서 외로운 오십 년을 버티고 죽어서 백 년을 기다린 끝에 부름을 받았는데, 불평만 늘어놓는 아내를 보며 그도 아팠을 터였다. 문제는 시간이 아니라 시간 안에 갇힌 존재였다. 선우는 턱밑까지 차오른 자책을 억지로 삼켰다.

"우리, 회복 센터 뜰이라도 잠깐 산책할까요? 신선한 공기가 편두통 회복에 좋을 겁니다."

김 박사의 제안에 선우는 두툼한 모직 코트를 챙겨 입고 따라나섰다. 두 사람은 천천히 걷다가 동시에 밤하늘을 올려다보았다. 백오십 년 전엔 오지에서만 보였던 별들이 영롱하게 빛나고 있었다. 고도의 기술로 탄소 일부가 제거된 밤하늘은 깨끗했고, 빼곡히 박힌 별들은 총총했다. 풍만한 전라를 드러낸 보름달도 지상을 향해 교교한 빛을 흘려보냈다. 어쩌면 이곳은 김 박사와 자신이 함께 불시착한 낯선 은하계의 행성일지도 모른다고, 선우는 상상해 보았다. 별을 매개로 죽음 너머의 세계와 교신 중이라는 착각도 들었다. 오늘 밤 교신으로 가족이 깃든 땅에 연결되고 싶었다.

"이 세계로 온 뒤 유일하게 좋은 건 밤하늘의 별을 볼 수 있다는 점이에요. 박사님도 그렇게 느끼세요?"

"맞아요. 밤하늘을 보고 있으면 하루의 피로가 씻겨요. 별들은 영원을 담고 있는 거울이니까요."

김 박사의 눈동자는 시간의 블랙홀인 듯 깊어 보였다. 북쪽 하늘로 시선을 옮기자, 북극성이 또렷하게 보였다. 이제 막 두 사람의 눈동자에 담긴 북극성의 광채는 사백삼십 년 전 출발한 빛일 터였다. 빛이 북극성에서 출발해 눈동자에 닿는 사이 두 사람은 태어나 성장했고, 사랑하다가 결혼했으며, 병에 걸려 투병했고, 얼어 있다가 다시 깨어나 있었다. 그 시간 안에서 두 사람은 엄청난 일들을 겪었는데, 우주는 사백삼십 년쯤 아무것도 아니라는 듯 침묵하고 있었다. 의식을 잃었던 자가 깨어나 두 번째 누리는 생애도 놀라운 일이 아니라는 듯 잠잠했다. 그저 별빛이 광속으로 직행해 인간의 눈동자에 닿은 '순간'일 뿐이라고 단정하는 것처럼 보였다. 선우는 서늘한 데자뷔를 느끼며 숨을 크게 들이켰다. 포르르…. 이전 생애 어느 봄날, 나무에서 땅을 향해 흩날리던 벚꽃 잎의 시간과 흡사했다. 벚꽃 잎의 몇 초를 몇백 년처럼 눈에 담아두고 싶었던 그때 그 순간…. 자신 안에서 폐기된 무시무시한 백오십 년도 우주의 시간으론 벚꽃 잎의 시간처럼 찰나에 불과할 터였다. 선우는 왠지 시간에 속고 있다는 느낌이 들었다. 줄이고 늘리고 바꾸고 폐기할 수 있을 것처럼 여지를 주지만, 결국 모든 인간의 시간은 순간일 뿐인 것이다. 수백억 광년을 달려가도 끝이 보이지 않는 우주에서 지구 위의 인간들만 헛된 소망을 품고 사는지도 몰랐다. 아주 잠깐 광대한 우주의 일원으로 깜빡이다 사라질 뿐, 할아버지 라파엘의 말처럼 영원히 남는 건 존재가 아니라 스토리일 터였다. 영원한 이야기…. 각인된 기억…. 사라지지 않는 서사…. 구분할 수도 없고 정의할 수도 없는 시간의 바다에서 건져낼 실체는 오직 스토리뿐이었다.

"박사님. 시간을 나누는 건 인간의 오만한 착각일 뿐, 오히려 시간이 인간을 정의하는 것 같아요. 인간은 결코 시간의 주체가 될 수 없는 거죠?"

"아마도요. 시간의 주체가 되려는 몸부림은 과욕이자 허상이죠. 마치 선악과를 따먹고 신이 되려 한 아담과 하와처럼요."

"밤하늘 아래에 서면 언제나 한없이 겸손해져요."

"밤하늘은 영원을 비춰 주는 거울이어서 인간 자신의 유한함을 깨닫게 하니까요. 하지만 인간이 만든 스토리는 시간을 극복합니다. 우주에 영원히 남죠. 희로애락을 통과해 걸러진 인간의 이야기만이 저 별들처럼 오래오래 찬란하게 빛날 수 있어요."

"박사님에겐 별이 곧 스토리군요."

"선우 씨는 밤하늘 별을 보면 어떤 스토리가 먼저 떠올라요?"

"그때그때 다르죠. 별을 보는 그 순간에 작용하는 가장 강렬한 서사로 결정되겠죠. 지금은 할아버지와 벚꽃 잎을 떠올리고 있었어요."

"할아버지와 벚꽃 잎이라…. 화두에서 강렬한 서사가 느껴져요."

두 사람은 서로의 눈동자를 따뜻한 눈길로 바라보며 미소 지었다. 선우에게 김 박사는 이제 업무 담당자라기보다 생의 동행자이자 이 세계의 유일한 동시대 친구였다. 시대적 우정이 순식간에 두 사람의 결속을 단단하게 만들고 있었다. 선우의 머릿속 화두는 자연스럽게 친구로 바뀌었다. 친구… 진실하고 유일한 친구… 시간을 공유한 단 하나의 친구….

"아! 지금 막 하나의 강렬한 스토리가 떠올랐어요."

"남편 이정호 씨?"

"아니요, 친구요. 내 대학 친구 민서요."

석화된 기억의 지층을 뚫고 불현듯 떠오른 기억에 선우도 놀랐다. 엉뚱한 장소와 시점에서 부활한 옛 추억이 생경했다.

"언젠가 박사님이 말씀하셨죠? 뇌신경 회로망에 시냅스 형태로 축적된 몇몇 기록은 몸보다 늦게 해동된다고요. 머릿속 민서의 기록이 이제야 해동된 걸까요? 시간과 얽힌 뇌신경의 세계는 정말 신비로워요!"

민서는 오랫동안 잊고 지내던 친구였다. 대학 졸업 후 민서가 미국으로 유학을 떠나면서 서로 연락이 뜸해졌고, 서너 해 후에는 완전히 끊어지고 말았다. 동그란 얼굴에 눈웃음이 예쁜 민서를 떠올린 건 시간을 가뿐히 뛰어넘은 기억의 위력 같았다.

"그러니까, 스물두 살 여름방학 때였어요. 민서랑 난 쏟아지는 별을 보려고 몽골의 하르가스 호수까지 갔었어요. 그땐 오지가 아니면 은하수를 보기 어려웠잖아요?"

추억에 젖은 선우는 동시대 친구 김 박사에게 웃으며 동의를 구했다. 그도 당연하다는 듯 미소로 화답해 주었다.

"어느 여행가가 쓴 수필을 읽었거든요. 그가 말하길 푸른 초원 안에 푸른 하르가스 호수가 에메랄드처럼 박혀 있고, 그 호수 안에는 우주의 별들이 박혀 있다는 내용이었어요. 그 글을 읽자마자 우린 하르가스 호수에 담긴 우주의 시간을 확인해 보자고 의기투합했어요."

이십 대 초반의 선우에게 시간은 언제나 별처럼 빛나 보였다. 하르가스 호수에서 시간의 초월성과 영원성에 닿고 싶었다. 렌터카로 초원을 가로지르며 사흘을 달린 끝에 멀리 거대한 호수의 수평선이 보였을 때, 선우와 민서는 두 팔을 뻗으며 환호했다. 전망 좋은 게르에 짐을 풀고 세계여행자들과 뒤섞여 수평선과 맞닿은 하늘을 보고 있으면 꿈을 꾸는 듯했다. 하르가스 호수 안에는 비밀스러운 우주의 시간이 운행되고 있었다. 어느 것이 하늘이고 어느 것이 호수인지 분간되지 않을 만큼 맑았다. 하늘을 담은 호수여도 좋았고 호수를 품은 하늘이어도 아름다웠다. 문명이 틈입하지 못한 그곳에선 시간이 아주아주 느리게 흘렀다. 순간이 영원으로 승화하는 비밀스러운 블랙홀 같았다. 버너에 직접 끓인 커피 한 잔과 배낭에 넣어온 딱딱한 바게트 한 조각만으로 두 사람의 가슴은 고양되었다. 밤이 되면 호수에 쏟아지는 별에 경탄하다가 은하수를 품은 호수 곁에서 잠이 들었다. 태고의 신비로 물든 시간은 아예 흐를 생각이 없는 듯 보였다. 선우는 민서와 함께, 밤이면 호수로 내려와 반짝이는 별들을 보고 또 보았다. 별들은 저마다의 위치에서 수백 광년 혹은 수천수만 광년의 시간 속으로 빛을 흘려보냈고, 선우는 자신의 망막에 별빛이 닿기까지 기다려 준 시간이 고마웠다. 우주의 일원으로서 영원의 일부를 누리는 순간이 감사했다.

"별을 보면서 민서가 묻더군요. 선우야, 우리가 이렇게 찬란한 우주의 일원으로 시간 안에 존재하는 게 신기해. 이 순간도 영원으로 남게 될까? 라고요. 이십 대의 지극히 감상적인 대화였죠."

"오, 손발이 조금 오글거리긴 하지만 그때 두 사람 참 순수했네요. 하하. 그래서, 선우 씨는 뭐라고 답했는데요?"

손발이 오글거린다는 김 박사의 표현에 선우는 새삼 동시대적 우정을 느끼며 웃었다. 냉철하고 객관적인 그의 입에서 나온 농담이 반전의 매력으로 다가왔다.

"물론, 확신을 가지고 대답했죠. 우리가 죽은 뒤에도 우정은 이 우주에 영원히 남을 거라고요. 지금 생각해 보면 시간에 대해 아무것도 모르면서 멋진 척했던 거죠. 혹시 어디 쥐구멍이라도 있을까요? 갑자기 부끄럽네요."

선우는 수다쟁이처럼 말하고는 오랜만에 크게 웃었다. 기억 속에 굳어있던 민서의 얼굴이 서서히 용해되면서 그리움이 몰려왔다. 백오십 년이 흐른 지금도 하르가스 호수에는 여전히 별이 빛나겠지만, 민서의 육체는 오래전에 흩어졌을 것이다. 이제 민서에게 시간은, 겪지 않아도 되는 추억이 됐다는 사실이 아프게 다가왔다. 문득 민서의 홀로그램이 보관돼 있을지도 모른단 생각이 섬광처럼 뇌리를 스쳤다.

"아! 박사님, 혹시 민서의 홀로그램이 보관돼 있는지 알아봐 주시겠어요? 있다면 꼭 만나 보고 싶어요."

"선우 씨 부탁이라면 뭐든 해야죠. 바로 알아보겠습니다. 가능성은 희박하지만, 혹시 모르죠. 선우 씨를 위해 옛 친구가 홀로그램을 남겨두었을지도요."

김 박사는 오랜만에 밝아진 클라이언트를 응원하듯 환하게 웃었다. 선우의 편두통은 거짓말처럼 사라지고 없었다. 지금 가슴 속에 피어오르는 한 줄기 소망을 단단히 붙들고 싶었다.

*

"고故 송민서 씨의 홀로그램과 접속이 완료됐습니다. 열람 규칙을 준수하면서 분기에 한 번, 만나고 싶을 때 언제든 불러내면 됩니다. 아, 물론 사회로 나가게 되면 한 달에 한 번 미팅도 가능합니다."

"아, 정말요? 이렇게 빨리?"

김 박사가 아침 일찍 들러 전해준 낭보에 선우는 감탄을 금치 못했다. 따스한 빛줄기에 감싸인 듯 평안함을 느꼈다. 존재 자체는 아니어도 친구의 그림자를 만난다는 사실에 가슴이 벅찼다. 어젯밤 민서 생각으로 내내 잠들지 못하고 새벽까지 뒤척였다. 아득한 얼굴, 흐릿한 목소리, 기억의 잔상들이 계속 머릿속을 떠다녔다. 그런데 이제, 그녀의 명료한 흔적과 마주할 수 있게 된 것이다.

"옛 친구로부터 선우 씨가 현실 적응의 용기를 얻게 되길 바랍니다. 꼭 그랬으면 좋겠어요."

김 박사의 신실한 마음이 심연처럼 깊은 눈동자에 고여 있었다. 선우는 문득, 자신이 살짝 설레고 있다는 사실에 놀랐다. 회복 기간이 끝나 공동 주택으로 옮기게 되더라도 가끔은 이 연구동을 다시 찾고 싶다는 생각이 들었다. 그에게는 고통을 견딘 사람만이 품을 수 있는 고요한 활력과 의연함이 있었다. 결코 현실의 파고를 들이지 않는 방파제 같았다.

이 세계에 던져진 이후 선우가 자각하는 인간은 두 종류뿐이었다. 하나는 비정한 현실 인간, 다른 하나는 'AI'라 불리는 인공지능 인간. 전자와는 시간의 간극 속에서 가치관이 전혀 달라져 있고, 후자는 애초에 심장이 달랐다. 백오

스토리　147

십 년 후의 가치관이든 인공 심장이든 소통이 어렵긴 마찬가지였다. 이전 생애의 인간미와 현실 세계의 용기를 한 몸에 지닌 존재는 김 박사가 유일했다. 마치, 두 세계의 접점이 인격화된 사람처럼 느껴졌다.

선우의 눈동자에 시선을 맞춘 김 박사는 잠시 망설이다 무겁게 입을 열었다.

"송민서 씨에 대해 좀 더 알아봤습니다. 공식 기록에 따르면 그녀는 2065년, 일흔다섯 살에 미국 애틀랜타 자택에서 스스로 생을 마감한 것으로 기록돼 있습니다. 직접 홀로그램 신청까지 마친 후였어요."

최대한 담담하게 전하려는 그의 태도에도 불구하고 선우의 심장은 충격으로 단숨에 얼어붙었다.

"스스로 생을 마감했다면, 민서가 자살했다는 뜻인가요? 그럴 리가 없어요!"

기억 속에 간직된 민서는, 회기동 성당 주임 신부로부터 직접 세례명을 받을 만큼 신실한 신자였다. 그녀의 세례명 '세라피나'는 '천사'라는 의미였다. 세례식을 지켜보던 성당 교우들은 그녀에게 가장 적합한 이름이라고 입을 모았다. 신을 경외하고 사람을 사랑했던 천사. 오늘 내가 누리는 평범한 하루가 고난에 처한 누군가에겐 기적일 테니, 기쁨과 감사로 살아가자던 민서의 말은 선우의 머릿속에 양각처럼 새겨져 있었다.

"그런데, 홀로그램 계정에 특이점이 하나 있었습니다. 당시 민서 씨에겐 남편과 외아들이 있었는데, 그 두 사람에게만 홀로그램 면회를 불허했더군요. 오히려 가족 외에는 누구든 접속이 가능하게 설정돼 있었고요."

선우는 깜짝 놀라 홀로그램 신청 당시 민서가 이혼 상태였는지를 물었다. 기억 속의 민서는 가족을 배제할 만큼 매정한 사람이 아니었다. 김 박사는 이해할 수 없다는 듯 고개를 갸웃했다. 당시 민서는 결혼 유지 상태였고, 이혼 여부로 면회 제한을 두는 구시대적 관습은 없었다며 의문을 표했다. 그런데도 그는 말끝에 여지를 남겼다.

"비상식적 선택이지만, 인간의 삶을 행정 기록만으로 유추할 수는 없죠. 홀로그램과 접속하게 되면 직접 물어봐요. 진실한 이유를 마주하는 건 선우 씨의 몫입니다."

김 박사는 오른손 검지로 안경테를 살짝 밀어 올리며 신중하게 덧붙였다. 진지한 눈빛이 투명한 렌즈 너머로 투과되었다. 이전 생애도 현실 세계도 그는 연구에만 몰두해 온 사람이었다. 그에게 평범한 사람 간의 이별이나 사회적 갈등, 감정의 층위는 실험 대상이지 실체는 아니었을 것이다. 그런데도 곤란한 순간마다 안경을 고쳐 쓰는 그의 습관은 유난히 인간적이었다.

"그런데, 한 가지 확실히 해 둘 점이 있어요."

김 박사의 목소리는 평소보다 낮고 단단했다.

"홀로그램과의 접속은 경우에 따라… 오히려 면회자에게 고통을 줄 수 있어요. 홀로그램이 존재 자체는 아니지만, 충분히 유의미한 영향을 주기도 하니까요. 어떤 감정은 상처로 되돌아오기도 합니다. 송민서 씨의 극단적 선택은 단순한 과거가 아닐 수도 있으니, 부정적인 영향을 반드시 분별해 줘요."

그는 살짝 숨을 고른 후 예언자적인 당부를 거듭했다.

"선우 씨가 직접 이 세계에서 유의미한 시간을 만들어가길 바랍니다. 내가 도와줄게요."

김 박사는 수많은 영혼의 고통을 목도해 온 사제처럼 인간 심리에 관한 예리한 해석을 덧붙였다.

"죽음을 앞둔 인간은 저마다 나름의 대책을 마련합니다. 누군가는 신에게 귀의하고 누군가는 생물학적으로 자식을 복제하죠. 또 누군가는 불후의 명성으로 죽음을 극복하려 들죠. 홀로그램을 만드는 것도 마찬가지입니다. 완전한 나는 세상을 떠나지만, 나의 일부 즉, 스토리를 남겨두는 거죠. 변하거나 사라질 수 없는 스토리를 남겨서 순간을 영원으로 확장하려고 시도합니다."

선우는 천천히 고개를 끄덕이며 공감을 표했다.

"맞아요. 민서와 함께 만든 스토리가 아직 제 안에 있어요. 그래서 홀로그램도 민서의 일부로 느껴지는 거예요. 민서를 만나려는 건 그 스토리를 다시 확인하고 싶어서고요."

김 박사가 연구동으로 돌아갈 때 밖은 이미 환하게 밝아 있었다. 밤새 얼어붙었던 대지를 오렌지빛 햇살이 부드럽게 데우기 시작했다. 백오십 년 만에 다시 맞이한 헬레나의 세상이었다. 선우는 창을 반쯤 열었다. 신선한 공기가 들어와 정신을 맑게 했다. 잠을 설쳤는데도 기대감 때문인지 머릿속이 개운했다. 아침 여덟 시, 극단적 선택으로 생을 마감한 옛 친구를 조우하기에는 좋은 시간이었다. 헬레나의 밝은 기운을 민서의 어두운 그림자에 불어넣고 싶었다.

선우는 눈을 감고 잠깐 민서를 기억해 내려고 애썼다. 그녀의 얼굴 형태와 이목구비의 생김새, 미소와 표정, 말투와 목소리까지. 하지만 현재 상황을 냉정하게 직시하면, 민서는 이미 백십 년 전 세상을 떠난 고인이었다. 남편 정호보다 십 년 먼저 죽음 너머로 건너간 까마득한 존재였다. 냉동 캡슐 속에 얼어 있는 동안 흘러가 버린 시간이 버겁게 다가왔다. 흐르고 보니 순간이 됐지만, 현실로 살아내기엔 길고 긴 시간이었다.

선우는 비장한 시선으로 홀로그램 미팅 센서를 올려다보았다. 이제, 아득한 시간을 폐기하고 찾아온 친구의 그림자를 만날 시간이었다. 숨을 고르고 미팅 센서를 향해 간곡히 요청했다.

"내 친구 송민서의 홀로그램을 불러 줘."

목소리에 미세한 떨림이 실렸다. 거실 중앙에 푸르스름한 빛줄기가 피어올랐다. 모였다가 흩어지고 다시 모이면서 빛은 점점 민서의 형상을 그려내기 시작했다. 선우는 숨을 삼킨 채 친구가 찾아오는 과정을 가만히 지켜보았다. 긴장감으로 입술이 바짝 말랐다. 빛과 그림자, 기억이 교차하는 자리에 어느새 민서가 서 있었다.

"미, 민서야."

다급한 부름보다 먼저, 민서의 얼굴에 단아한 미소가 피어났다. 신청자의 기억에 맞춰 나타난 민서는 스물네 살, 유학을 떠나기 직전 모습 그대로였다. 오직 눈동자만 앳된 얼굴에 비해 처연했다. 시간을 따라 제련된 눈동자는 어느새 몽골의 하르가스 호수만큼 깊어져 있었다. 우주를 다 담아낼 것처럼 심오했다.

「선우야, 네가 나를 불러주다니, 기적이야. 어떻게 네가 이 시대에 살아 있는 거야?」

말을 잇지 못하는 민서를 따라 선우도 목이 메었다. 울지 않겠다고 단단히 마음먹었는데 이내 눈동자엔 수분이 그렁그렁 차올랐다. 두 사람은 한참 아무 말 없이 서로를 마주

보았다. 선우는 다른 시간 안에 갇힌 친구를 보며 조용히 입을 열었다.

"나, 냉동 프로젝트에 참여했었어. 서른다섯 살에 유방암 진단을 받고 백오십 년 동안 냉동 캡슐 안에 얼어 있었지. 해동된 지 겨우 백팔십 일이야. 그 사이 여기까지 오게 됐고."

「어쩜 그런 일이… 정말 힘든 과정을 겪었구나. 난 네 투병도 냉동 보존도 전혀 몰랐어. 여기서 이렇게 만나다니, 미안해. 정말 미안해.」

민서의 참회는 고스란히 선우의 폐부로 흘러들었다. 한 마디의 위로가 가슴을 따스하게 데웠다. 적어도 이 순간만큼은 이 세계 사람들이 신봉하는 테크노피아 여신이 고마웠다. 다른 입장에서 다른 눈으로 바라보니 기계적 세상의 위대함이 돋보였다. 존재로서의 친구는 아니지만, 친구가 남긴 흔적의 총체는 실체만큼 감동을 선사했다.

「사실은… 죽기 직전에 한국으로 널 찾으러 갔었어.」

"정말? 네가 한국에 왔었다고?"

선우의 눈이 휘둥그레졌다. 미국 애틀랜타에 정착해 살던 민서가 자신을 만나려고 오십 년 세월을 거슬러 한국까지 왔었다는 사실이 놀라웠다. 노년이 된 민서의 가슴에 여전히 스물두 살의 하르가스 호수가 출렁이고 있었다는 뜻일 터였다. 가슴에 꿈틀거리는 강렬한 스토리가 시간의 결빙을 허락하지 않았을 것이다. 서로에게 인생 스토리가 된 그들은 말을 잇지 못한 채 마주 보며 다시 목이 멨다.

「마음 나눌 한 사람이 필요했어. 그래야 숨을 쉴 수 있을 것 같았거든. 아픈 몸을 이끌고 겨우 태평양을 건넜는데… 넌 이미 세상에 없었어.」

민서는 한동안 입을 떼지 못했다. 기억을 더듬는 눈빛이 서서히 흐려지며 조용히 말을 이었다.

「그날… 널 만나지 못하고 공항으로 돌아가던 길이 내 인생에서 가장 고요한 시간이었어. 어쩌면… 그때 이미 죽음은 내 안에서 시작됐는지도 몰라. 그 여정은 내가 세상으로부터 천천히 분리되는 시작점이었어.」

자매 같은 친구의 회고에 선우는 심장이 무너지는 듯했다.

"그랬구나. 민서야 미안해. 정말 미안해. 난 내 고통에만 빠져서… 널 단 한 번도 찾지 않았다는 게 미안해… 먼저 떠나버려서 미안해."

울먹이는 선우의 뺨으로 푸른 홀로그램의 손이 천천히 다가왔다. 그러나 난반사의 일렁임일 뿐 어떤 감각도 느껴지지 않았다. 촉각 밖에 있는 민서의 손은 닿을 수 없는 영혼의 환영처럼 안타까웠다. 견고한 두 손을 맞잡고, 단단한 몸을 부둥켜안고, 따스한 목에 얼굴을 묻고 엉엉 울고 싶은데 민서의 일렁임은 꺼져가는 촛불처럼 허망해 보였다.

"나를 돌봐 주시는 박사님 말로는 사망 당시 너에게 남편과 아들이 있었다던데, 가족이 위로가 되어 주지 못했니?"
「가족? 가족이라… 남보다 못한 관계였어.」

민서가 고개를 숙였다. 표정은 담담했지만, 그 안엔 무너진 시간들이 숨죽여 있는 듯했다.

「남편은 결혼 초부터 습관적인 외도를 일삼았지. 난 끝까지 가정을 지키려고 애썼는데, 소용없었어. 서로 투명 인간처럼 지냈어, 수십 년을. 하나뿐인 아들은… 대학 졸업 후 뉴욕에 나가 살았는데 실직하고… 마약에 빠졌어. 결국엔 회복 불가능한 중증이 됐지. 내가 할 수 있는 건 아무것도 없었어. 시간은 날 무력한 존재로 만들었어.」

민서는 잠깐 말을 멈췄다. 목소리는 점점 낮아졌고 의기소침해졌다. 긴 정적 끝에, 마치 한 생을 정리하듯 짧은 한마디를 덧붙였다.

「선우야, 나 혼자 시간을 견디는 게 정말 힘들었어.」

"그래도 어쩜 그렇게 허무하게 떠났어? 네가 얼마나 생명을 사랑한 사람이었는데… 외롭게 떠난 걸 생각하면 마음이 너무 아파."

선우는 떨리는 목소리로 위로했다. 눈물이 다시 고였다. 곱디고운 천사가 고통 속에 바스러졌다는 사실이 가슴을 짓눌렀다.

「미안해. 끝까지 '세라피나'로 남지 못해서. 너에겐 면목이 없다.」

"주변에 마음 나눌 지인이나 친구도 전혀 없었니?"

선우의 물음에 민서는 잠시 숨을 골랐다.

「애틀랜타 한인 성당 교우들이 있었어. 다들 좋은 분들이었지. 그분들에게 남편의 외도 문제는 털어놓을 수 있었어. 그 문제는 내 잘못이 아니라는 확신이 있었거든. 그런데, 아들의 이야기는 입 밖에 낼 수가 없더라. 알려질까 봐 두려웠어. 내 존재를 부정당할 것 같았어.」

고개를 완전히 떨군 민서의 머리 위로 숨죽인 침묵만이 떠돌았다.

「오랫동안 지독한 불면증과 우울증에 시달렸어. 밤이 오는 게 무서웠고, 아침이 오는 건 더 공포였어.」

고개 든 홀로그램의 눈동자는 늦가을 나뭇잎처럼 쓸쓸하게 흔들렸다. 스물네 살 얼굴에 깃든 일흔다섯 살의 처연한 눈빛은 기묘했다. 청춘의 형상에 노년의 통찰이 스민, 시간이 제멋대로 뒤엉켜 있는 눈동자였다. 문득 선우의 가슴에 서늘한 기운이 퍼졌다. 지금의 이 만남조차 시간의 음모라는 생각이 들었다. 시간을 폐기하려는 테크노피아 여신의 장난처럼 잔인해 보였다. 이제껏 시간에 속아왔다는 의혹이 스치자 엉뚱한 질문들이 파고들었다. 만약 스물네 살

민서가 일흔다섯 살의 지혜를 소유했다면 어땠을까. 그랬다면, 그 모든 인생의 굴곡 앞에서 더 단단하고 현명하게 대처했을지도 모를 일이었다. 그러나 시간은 현명해야 할 때 맹목으로 눈을 가렸고 강인해야 할 때 연약함으로 무너지게 한 것이다.

「스물두 살의 마음으로 널 찾아갔었어. 너랑 하르가스 호숫가에 앉아 있던 그 시간으로 연어처럼 회귀하고 싶었어. 거친 물살과 돌부리에 살이 찢긴다 해도 기억에 새겨진 물냄새를 따라 그곳으로 돌아가고 싶었지. 아무리 떨치려 해도 잊히지 않았어. 기억은 항상 나를 하르가스로 데려갔어.」

민서의 고백에 선우는 심장이 타는 듯한 통증을 느꼈다. 친구의 말은 이후의 인생에서 하르가스를 능가하는 스토리를 얻지 못했다는 뜻이었다. 침잠된 일상에 함몰돼서 하르가스는 점점 견고해졌을 터였다. 기억을 통제할 수 없는 고통 속에서 하르가스는 천국의 환상으로 승화했을 것이다.

선우는 지그시 입술을 깨물었다. 친구의 고통은 까맣게 모른 채 질소 탱크 속에 얼어 있던 시간이 한심하게 느껴졌다. 죽음을 순순히 수용하고 천국으로 건너갔다면, 뒤늦게 친구의 아픔은 목도하지 않아도 됐을 터였다.

「네가 세상 떠난 걸 확인하고 미국으로 돌아갔을 땐 어떤 미련도 남지 않더라. 기억을 나눌 유일한 사람이 사라진 거잖아.」

민서는 체념한 듯 다시 고개를 푹 꺾었다.

「난 무남독녀잖아. 부모님도 유학 시절에 돌아가셨고. 사람들 속에 있어도 항상 혼자였지. 그래도 너와 행복했던 기억으로 버텼는데… 혼자 남겨지니까 오히려 그 기억이 날 괴롭혔어. 아름다웠기에 더 고통스러웠어. 그래서 기억을 끊어 내기로 한 거야.」

"왜 그랬어, 민서야!"

외로움과 고통을 견딜 방법이 정말 없었느냐고, 신이 부여한 생명을 어떻게 스스로 끊어냈느냐고 소리치고 싶었다. 왜 신앙의 힘으로 인내하지 못했느냐는 호소가 혀끝에 돋았지만, 이 세계로 와서 기도마저 잊어버린 자신은 더 연약한 인간이라는 각성에 차마 입을 열지 못했다. 선우는 뱃속에서 올라오는 절규를 억지로 삼켰다. 이미 죽은 이의 홀로그램이었다. 친구의 극단적 선택은 이제 세상 누구도 기억하지 못하는 시간 저편의 일이었다.

「내가 한국으로 갔을 때 선우 네가 살아 있었다면 어땠을까? 나, 끝까지 생을 살아내다가 자연사했을까? 정말 보고 싶었어, 친구야.」

데칼코마니처럼 닮은 민서의 고통이 참담하게 다가왔다. 선우도 지금 스토리를 나눌 오직 한 사람이 절실하다고 토로하고 싶었다. 하지만 눈앞에 일렁이는 건 친구가 아니라 친구의 그림자였다. 백십 년을 무위 속에 잠들었던 존재의 그림자를 슬픔으로 물들이고 싶지는 않았다. 친구의 그림자를 환하게 밝히기에 자신은 무력한 존재임을 깨달으며 선우는 붉어진 눈을 감았다. 정호의 홀로그램을 향해 저질렀던 실수를 반복하지 않기로 했다. 친구의 그림자를 향해 위로의 말을 건넸다.

"그래, 맞아. 차라리 행복한 기억이 없었다면 민서 너도 어떻게든 시간을 버텨냈겠지. 하르가스의 스토리가 널 괴롭혔을 거야. 현실의 고통을 배가시켰겠지."

「선우 넌 그때 하르가스 호수에서 뭘 봤어? 난 밤하늘의 별이 담긴 그곳에서 시간을 봤어. 그것도 영원한 시간을. 호수는 기억을 품은 시간이라고 생각했어. 그런데 살아보니 시간보다 더 큰 모순은 없더라. 삭제하고 싶은 것도 시간이고, 다시 얻고 싶은 것도 시간이었어. 너와 나를 만나게 한 것도, 이별하게 한 것도 시간이었지.」

민서의 홀로그램은 시간의 모순을 토로하며 눈물을 흘렸다. 선우는 난반사 속에 반짝이는 친구의 눈물을 닦아주고 싶어 조심스레 손을 뻗었다. 자신 역시 시간의 모순을 견디기가 벅차다고 공감의 손길을 내밀고 싶었다. 고통 속에서도 끝까지 자신을 기억해 준 친구에게 고맙다는 인사를 전하고 싶었다.

삐삐—

날카로운 경고음이 정적을 찢었다. 미팅 종료까지 이분 남았다는 시간제한 알람 소리였다. 민서의 살아생전 음성 파일과 일기와 메모, 습관과 사진들이 정교하게 합성된 딥러닝 그림자는 흐르는 시간 앞에 속절없이 일렁였다. 꺼져 가는 촛불처럼….

문득 시간제한 알람 소리가 자신에게 던져진 경고 같아 선우는 퍼뜩 정신이 들었다. 박제된 옛 우정에 이끌려 시간을 역류하던 무의식에, 현실을 알려주는 종소리처럼 들렸다. 김 박사의 조언이 그제야 실감 났다. 존재는 아니지만, 분명히 무의식에 영향을 주는 홀로그램이었다. 이 세계에서 만난 동시대 친구를 잠깐 잊고 있었다는 깨달음이 스쳤다. 김 박사라면 이전 생애 기억을 함께 나눌 친구가 돼 줄 터였다.

선우는 정신을 가다듬고 두 눈을 크게 떴다. 민서의 홀로그램을 피사체 삼아 그 모습을 하나하나 조각하듯 눈동자에 새기기 시작했다. 둥근 이마와 선한 눈매, 단아한 마늘코, 선이 얇고 부드러운 입술, 그리고 젊은 얼굴에 담긴 노쇠한 눈동자까지…. 포르르…. 나무에서 땅으로 떨어지던 벚꽃 잎처럼 민서의 얼굴을 영혼 깊숙이 새겼다. 벚꽃 잎의 몇 초를 몇백 년으로 담았던 그날처럼, 옛 친구와의 조우를 눈동자에 영원히 저장하고 싶었다. 물리적으로 흘러가는 크로노스의 시간에서 영원으로 확장되는 카이로스의 시간으로….

스토리의 시간으로 회귀 불가하다면, 잉여의 말은 더는 필요치 않았다. 친구의 모습을 눈동자에 새겼으니, 앞으로는 홀로그램을 불러내지 않기로 마음먹었다. 민서가 죽기 전, 한국을 다녀갔다는 정보만으로 우정은 충분히 확인한 셈이었다. 그 사실을 제외하면 이 미팅은 민서의 아픔과 극단적 선택을 되짚은 것뿐이었다. 결국, 흘러간 시간을 그리워하면서도 흐르지 않는 시간을 버거워하는 모순의 확인에 불과했다. 정작 아무런 위로도 줄 수 없는 허무한 카타르시스 놀이였다. 선우는 남은 시간 이분을 자의로 통제하고 싶었다. 손등으로 눈물을 닦으며 미팅 센서를 향해 애원하듯 부탁했다.

"이제 홀로그램을 꺼 줘."

무슨 말인가를 더 하려던 민서의 홀로그램은 순식간에 흩어졌다. 마지막 한 점 광선까지 사라질 때는 심장에 자상을 입은 듯 아팠다. 하르가스 호수처럼 깊은 민서의 눈동자만 텅 빈 거실에 잔상으로 남아 어른거렸다.

접속을 중단한 홀로그램 미팅 센서는 신청자의 입술을

여전히 주시하고 있었다. 이분의 잔여 시간 안에서는 언제든 명령을 번복할 수 있었다.

선우는 거실 안을 서성이며 골똘히 생각에 빠져 들었다. 그녀의 불안한 동선을 감지한 원격의료 센서가 조용히 눈을 떴다. 원격 의료 센서는 홀로그램 미팅 센서와 서로 시선을 맞춘 뒤, 선우의 생체 리듬을 점검하기 시작했다.

*

김 박사는 고개를 숙인 채 굳게 입을 다물고 있었다. 그의 얼굴에는 복잡한 표정이 역력했고, 방 안의 분위기는 무거웠다. 정작 면담을 요청한 선우는 그의 눈치를 살피느라 의견을 강하게 피력하지 못하고 있었다. 그에게 미안한 나머지, 한참 머뭇거리던 끝에 겨우 입을 열었다.

"박사님, 이전 생애 기억을 삭제하겠다는 제 결정… 이해해 주세요."

선우는 자신의 행동이 김 박사의 눈에 조울증 환자처럼 보일까 봐 두려웠다. 이 세계에서 그와 함께 버텨보겠노라 대답한 게 바로 그제 밤이었다. 순간의 변심이 부끄러웠다. 심각해진 그의 얼굴에서 애써 시선을 돌리며 마음을 다잡듯 말을 이었다.

"고민을 거듭했어요. 결국, 고통이란 시간이 만들어낸 환상이라는 결론을 내렸고요. 해동 이후 줄곧 이 문제만 붙들고 지내왔어요. 결코 충동적인 결정은 아닙니다. 이전 생애로 향하는 시선을 끊어 내지 않고는 이 세계에서 버틸 여력이 없는걸요."

김 박사는 고뇌로 가득한 얼굴을 들었다. 지그시 감았던 눈을 다시 뜨며 차분하고도 단호한 어조로 대답했다.

"선우 씨, 기억 삭제는 존재의 일부를 지워버리는 일입니다. 해동된 지 고작 여섯 달 만에 이런 무모한 결정을 내리는 건 어리석은 행동이에요. 다른 해동 인간들도 최소 일 년은 적응을 시도한 후에야 삭제를 논의해요. 시간은 곧 생명입니다. 지금의 시간을 사랑하려고 노력해 봐요."

"차마 생명을 끊을 수 없어서 대신 이전 생애 기억을 끊어 내려는 거예요."

선우는 그의 말을 단호하게 끊으며 숨을 골랐다. 목소리에는 애절함이 실려 있었다.

"민서처럼 극단적 선택은 하고 싶지 않아요. 언제까지 조현병 환자처럼 이전 생애와 현실 세계를 오가며 살 수도 없어요. 내 안에 두 개의 인격이 공존하는 이 느낌, 박사님은 이해하시죠?"

선우는 격해지려는 숨결을 간신히 누르며 호소했다. 새벽 내내 죽을 것 같은 과호흡에 시달렸다. 정확히 어젯밤 남편 정호의 꿈을 꾼 직후부터였다. 생체 안전 시스템의 비상 신호로 김 박사가 달려왔고 산소 호흡기까지 착용해야 했다. 안정제 주사를 놓아주면서 그는 현실에 적응해야 한다고 거듭 당부했지만, 공허한 메아리처럼 들렸다.

이전 생애 스토리 때문에 과호흡이 생긴 걸 해동 인간인 김 박사도 직감했을 터였다. 그런데도 그는 이상하게 평온했고 선우에게도 평온을 요구했다. 그에게 시간은 그저 물리적으로 흐르는 사차원의 세계처럼 보였다. 정호나 민서에게서 느낀 절절한 고통이 그에게는 애초부터 없어 보였다.

새벽 꿈속에서 본 남편 정호는 다양한 모습으로 변형됐다. 혼인미사 제단에 서 있는 환한 얼굴의 신랑이었다가, 냉면집에서 웃고 있는 손주사위로 바뀌었다. 아내의 죽음 앞에서 오열하는 가여운 남자였다가, 소주병이 수북이 쌓인 거실에 홀로 누운 알코올 중독자로 변했다. 집까지 찾아와 돈을 돌려달라는 투자자들의 아우성에 귀를 막고 벌벌 떠는 남자가 되기도 했다. 젊은 홍안에 늙은 눈동자를 가진 기괴한 남자였다가, 어느 순간엔 테크노피아 여신으로도 변형됐다. 남자도 여자도 아닌 기이한 얼굴에 뱀처럼 꿈틀대는 여러 겹의 머리칼이 얼굴을 덮고 있었다. 그는 흉측한 머리칼을 바람에 휘날리며 고통스럽게 울었다.

꿈속에서 정호를 바라보는 선우의 감정은 사랑이었다가

연민이 되고, 두려움을 거쳐 공포로 확장됐다. 참담한 지옥을 헤매다 잠에서 깬 후 어린아이처럼 엉엉 울었다. 그 순간엔 십오 년 동시대를 살았다는 김 박사조차 위안이 되지 못했다. 그의 존재도 잠깐의 진통제에 불과할 뿐 치료제가 아니라는 사실이 머리를 강타했다. 그제 밤 함께 산책하면서 한껏 부풀었던 기대는 허망한 거품일 뿐이었다.

김 박사는 불면에 지친 선우의 얼굴을 유심히 살폈다. 눈 밑에 드리운 검은 그늘이 창백한 얼굴을 무겁게 덮고 있었다. 밤새 고뇌와 번민에 시달린 흔적이 역력했다. 그는 저린 마음을 감추고 조심스럽게 제안했다.

"유능한 AI 신경외과 박사를 소개해 줄게요. 기억 삭제 없이도 행복해질 수 있어요."

그러나 그의 제안이 선우에겐 선문답으로 들렸다. AI 신경외과 박사가 사람의 마음을 치유한다니, 현실감 없는 해결책에 당황해 그게 가능한 일이냐고 반문했다. 동시대의 해동 인간에게서도 얻지 못한 위로를 AI 인간에게서 기대하는 건 무리였다. AI 신경외과 박사는 홀로그램 청년 가수처럼 얼마 못 가 진부해질 게 뻔했다.

"제겐 유능한 기계가 아니라 기억을 나눌 이가 필요해요."

"선우 씨, 세계적으로 저명한 신경외과 박사는 대부분 AI 출신입니다. 정확한 진단과 신속한 치료가 가능합니다. 제발 내 말을 믿어요."

"알아요. 통계와 사례로 이미 증명된 사실이잖아요. 하지만…"

선우는 천천히 고개를 가로저었다.

"내 경우는 달라요. 백오십 년의 시간 간극을 외과적 신경 시술로 치유한다고요? 자꾸 과거로 돌아가는 내면의 시선을 수술로 어떻게 치료한다는 거죠? AI 신경외과 박사는 시간까지 돌려놓을 수 있대요? 지금 내 머릿속을 점령한 바이러스는 신경 세포가 아니라 시간이에요."

선우의 반문에 김 박사는 허탈한 한숨을 내쉬었다. 앞뒤 모르고 생떼 부리는 클라이언트 앞에서 애써 담담했던 그의 시선도 암담해져 있었다.

"선우 씨, 수시로 바뀌는 게 인간의 마음인데 위로 상담이나 최면 치료로 얼마나 효과를 보겠어요? 잠깐의 위안이 될 뿐이죠. 선우 씨는 인간의 마음을 믿어요?"

이틀 만의 변심을 지적당한 듯해 선우의 얼굴은 붉어졌다. 김 박사의 말대로 인간의 마음은 신뢰할 만한 대상이 아니었다. 그렇다면 더더욱 인간의 마음은 AI 신경외과 박사가 치료할 영역은 아닐 터였다. 근본적으로 마음의 힘을 믿지 못하면서 기계로 마음을 교정한다는 건 궤변으로 보였다. 인간 심리에 혜안을 가진 김 박사가 오늘따라 답답하게 느껴졌다.

"이 시대 정신의학은 브레인과 테크노의 결합체, 즉 브레인테크 치료가 핵심입니다. 특정 기억을 이식하거나 삭제하거나 혹은 다른 기억으로 대체하는 거죠. 한 번의 시술로 극심한 정신적 고통에서 벗어나게 합니다. 현실을 더 이상 견딜 수 없다면… 기억 이식을 권하고 싶습니다."

"그러니까, 박사님 말씀은 결국 다른 사람의 기억으로 살라는 거잖아요. 그렇다면 부분적 다른 사람이 되라는 뜻인가요? 기억은 곧 존재라고, 박사님이 말씀하셨잖아요. 내 고유한 정체성을 버리라는 뜻이군요."

선우는 단호하게 반론을 제기했다. 이전 생애를 경험한 해동 인간의 조언으론 적합해 보이지 않았다. 테크노피아 여신이 이끄는 이 세계의 논리는 모순투성이로 가득했다.

"이전 생애 기억을 삭제하기보다 부분 기억을 이식하는 게 정체성 유지에 훨씬 효과적입니다. 이전 생애 기억을 남겨 본래의 정체성을 유지하면서, 누군가의 행복한 부분 기억을 이식해 이 세계의 삶에 만족하도록 돕는 거죠. 이식한 기억이 더 강렬하면 과거의 기억은 상대적으로 가벼운 스토리로 전환됩니다. 기억 이식 시술은 21세기의 신경 정신과 약물의 완벽한 대체제라 할 수 있어요."

"정호 씨가 프러포즈하면서 연주해 준 음악이 가벼운 스토리로 강등될 수 있을까요? 그 연주는 내 기억을 넘어 이미 우주의 기억이 돼버린걸요."

"음악이 아름다운 이유도 결국은 인간의 스토리가 스며 있기 때문이죠. 음악은 인간의 영혼으로부터 비롯되기에 분명 영원성이 있지만, 그 속에 깃든 스토리가 사라지면 영원성도 사라지고 맙니다."

이전 생애 스토리를 그대로 품고 있으면서, 현실 세계 스토리가 더 좋아 히죽히죽 웃고 사는 젊은 여자의 초상이 눈앞에 그려졌다. 선우는 아찔했다. 정체성 혼란으로 이전 생애 스토리를 지워달라는 클라이언트에게 제3의 정체성을 심겠다는 시도는 무례한 테크노피아의 표상 같았다. 21세기 인간의 세련되지 못한 가치관일 수도 있었다. 이 세계 사람들 입장에서 보면, 앞뒤 막힌 고루한 태도일지도 몰랐다. 선우가 2025년을 기준으로 백오십 년 전인 구한말 시대의 가치관을 함부로 판단했던 것처럼. 구한말 당대인들에겐 단발령도 존재의 부정이었으리라 생각하면 아득했다. 역사 해석은 해석자의 입장을 벗어나지 못한다던 할아버지 라파엘의 말은 옳아 보였다. 할아버지가 지금 옆에 계신다면, 이 세계에서 어떻게 존재해야 할지 조언을 구하고 싶었다.

"그렇다면, 누구의 기억을 심나요? 어떤 기억을 심나요? 이식할 부분 기억 선정은 누가 하나요?"

누군가의 기억이 자신의 것으로 이식되는 가정에 선우는 섬뜩했다. 한 인간 안에 다중인격을 창조하려는 사악한 행위로 보였다. 이식 수술에 뇌를 맡기면 심리스릴러 영화 〈아이덴티티〉의 주인공처럼 기이한 인간으로 전락하고 말 터였다.

"아, 흥분은 신체 회복에 해로워요. 차분히 들어 봐요. 기억이란 커네토믹스에 의해 움직입니다. 쉽게 말해 뉴런과 뉴런을 연결하는 기술이죠. 커네토믹스를 통해 연구진은 선우 씨의 기억을 복원했어요. 이 커네토믹스를 끊으면 이전 생애 기억은 저절로 사라집니다. 그럼, 본래의 선우 씨는 남지 않아요. 기억은 존재 자체니까요. 그러니, 이 세계에서 누린 누군가의 행복한 부분 기억을 심어 봐요. 지금 선우 씨에게 필요한 건 이전 생애를 압도할 만한 행복한 스토리입니다."

곤란한 순간엔 늘 그렇듯 김 박사는 오른손 검지로 안경테를 올리며 권면했다. 완벽한 시력 복원 시대에 그는 순전히 휴머니즘적인 추억이 그리워 안경을 착용한다고 말했었다. 이전 생애 스토리를 간직하려는 행동으로 보였는데, 그의 입에서 나온 대답은 이 세계처럼 비정했다. 문득 냉동 캡슐 속에 갇힌 엄마를 오십 년 기다렸다는 아들이 떠올랐다. 냉동 프로젝트를 돌려놓으라고 소리친 그 엄마는 결국 어떤 결정을 했을지 궁금했다. 기억 삭제를 요청했거나, 새로운 제3의 기억을 이식했을 터였다. 기억 이식을 선택했다면, 아마 이 세계의 행복에 취해 이전 생애의 정체성 따윈 가볍게 치부하고 있을 것이다. 김 박사의 말대로 즐거운 나날을 보내고 있을지도 몰랐다. 선우는 여자가 생체 실험 대상자에 불과하단 생각이 들었다. 현재가 아무리 불행해도 타인의 기억으로 버티고 싶지는 않았다. 거대하게 부풀어 오른 새 기억에 옛 기억은 풍선 끝에 매달린 실처럼 왜소해질 게 뻔했다.

"그래요, 선우 씨. 유의미한 기억의 동의어는 스토리예요. 강렬한 스토리가 돼버린 기억이 해동 인간에게 고통을 안겨주죠. 인간에게 물리적인 기억량은 문제가 되지 않습니다. 항상 스토리가 문제죠."

선우는 고개를 끄덕였다. 스토리가 아니라면 어떤 무수한 기억도 감당해 낼 자신이 있었다. 서른다섯 해 객관적인 사건 사고를 모두 기억한다 해도 아픔이 되지 않았을 것이다. 스토리는 신의 선물인 동시에 형벌이었다. 김 박사는 자조하듯 읊조렸다.

"나 같은 과학 기술자에게도 인간의 스토리란… 가장 이해하기 어려운 영역입니다. 설령 우리를 가둔 시간이 완전히 폐기된다 해도 말이죠."

선우는 잠깐의 침묵 끝에 그간 가슴에 묻어두었던 질문을 꺼냈다.

"박사님께도 스토리가 있을 테죠? 항상 궁금했어요. 이전 생애 스토리를 어떻게 극복하고 이 세계에 안착하셨는지…. 말씀해 주세요. 듣고 싶어요."

그의 강인한 적응력과 평안한 마음은 선우가 지금 가장 얻고 싶은 보석이었다. 절박한 마음으로 김 박사의 얼굴을 바라보았다. 그는 심각한 얼굴로 다시 고개를 숙였고 하얀 대리석 바닥에 시선을 고정했다. 회복 센터 거실 바닥은 얼룩 하나 없이 깨끗했다. 이물질이 전혀 스며들지 못하는 대리석 바닥재도 전지전능한 테크노피아 여신의 선물이었다.

"선우 씨, 사실 저는… 저는 말이죠…."

언제나 담담한 그가 한참 망설이고 머뭇대는 모습은 낯설었다. 선우는 불안해진 그의 눈동자를 의문의 시선으로 지켜보았다. 김 박사는 내밀한 사실을 고백하려는 사람처럼 잔뜩 긴장해 있었다. 특유의 관조적인 어조까지 흔들렸다.

"난… 스토리 없이… 단순 데이터만… 저장합니다."

"스토리 없이 단순 데이터만 저장하다뇨? 그게 무슨 뜻인지…"

의미를 해석할 수 없어 선우의 미간이 순간 좁혀졌고 동그란 이마에는 옅은 주름까지 잡혔다.

"충격받을 테지만… 그래도 이젠 말해야겠어요. 왠지 선우 씨에게만은… 꼭 고백하고 싶었습니다. 용기를 내고 싶을 만큼 선우 씨는… 내게 특별한 사람이 됐으니까요."

시선을 들어 선우에게로 향한 김 박사의 얼굴은 붉어져 있었다. 눈이 마주치자 깜짝 놀란 사람처럼 얼른 다시 시선을 아래로 떨어뜨렸다.

"사실 난… AI 출신입니다."

"…"

선우는 한참 멍하게 앉아 있었다. 그의 말을 해석할 수 없었다. 따뜻한 미소와 공감의 눈동자를 가진 그가 AI 출신이라니, 귀를 의심하고 싶었다. 상심한 클라이언트를 위로하려는 의도라 해도 심각한 상황에서 던지는 농담은 그답지 않았다. 그도 해동 인간이라며 선우의 절망에 확실히 공감해 줬었다. 그로부터 분명 다른 이에게서 받을 수 없는 위로도 받았다. 바로 그제, 동시대 냉동 과학 기술자였다는 고백을 분명히 들었다. 엄청난 충격이 선우의 머리를 난타했다. 불안이 파도처럼 엄습했다.

"충격받은 선우 씨 마음, 이해합니다."

"AI 출신이라면서요? 그렇다면, 내 마음을 이해한 게 아니라 이해하는 척하는 거겠죠. 인공심장으로 공감이 가능해요?"

해동 인간 출신이라는 그제 밤의 고백은 거짓인 셈이었다. 이 세계에서 자신을 이해하는 오직 한 사람이 인공지능이라는 사실을 수용할 수 없어 선우는 어깃장을 놓았다. 무너진 기대는 서서히 분노로 변하고 있었다.

"내게는… 특별히 백오십 년 전의 데이터가 집중적으로 저장돼 있어서 그 시대 사람의 사고를 합니다. 그래서 선우 씨의 가치관에도 어느 정도 공감했어요. 공감이 완전한 거짓말은 아닙니다."

"도대체 뭐예요? 헷갈려요. 하나도 모르겠어요. 지금 무슨 말씀을 하시는 거예요?"

"당연히 혼란스러울 테죠."

"정확하게 말씀해 주세요. 박사님은 인간인가요? 인공지능인가요?"

어렵사리 고백한 그를 막다른 골목으로 몰고 가면서도 한번 실망한 감정은 제어되지 않았다. 이 세계로 던져지고부터 극심한 분노조절장애를 앓게 된 자신이 괴물 같았다.

"정확히 말하자면… 인간의 기억이 심어진 인공지능입니다. 굳이 인류 구성 형태로 분류하자면 '기억 이식 인공지능 인간'입니다."

"하!"

선우는 작은 턱을 사선으로 돌리며 거친 숨을 내뱉었다.

아무 말이나 내뱉는 그를 실컷 능욕해 주고 싶었다. 입술을 일그러뜨리며 날카로운 말로 반응했다.

"그러니까, 박사님의 정체성은 인간의 기억이 이식된 인공지능이라고요? 그래서 인간을 이해하신다고요?"

"어느 정도는요. 인류가 축적한 의학 지식을 완벽하게 터득했습니다. 전공 영역 구분 없이 인간 신체와 정신에 관해선 인류가 연구한 모든 결과를 알고 있죠. 하지만 아직 인간의 스토리만은 완전히 이해하지 못합니다. 나의 유일한 맹점입니다. 하지만 또 모르죠. 선우 씨와의 만남이 지금 내 인공 스토리가 되고 있는지도… 선우 씨는 내게 특별한 사람으로 느껴져요. 이런 감정은 처음입니다."

어느새 다시 시선이 마주친 김 박사의 눈은 슬퍼 보였다. 인공지능의 눈이라고 치부하기엔 지나치게 깊었다. 그에게 이식됐을 정체 모를 인간의 슬픔이 짙게 풍겼다. 그럼에도 불구하고 누군가의 기억에 잠식당해 있는 그의 몸은 기계 장치였다. 그렇다면 그를 점령한 바이러스는 다름 아닌 익명의 스토리일 터였다. 그동안 그가 베풀어줬던 것처럼 선우도 그의 이야기에 귀 기울이고 위로해 주어야 할 시간이었다. 하지만 혀에서 돋아난 말은 가시로 표출됐다.

"그럼, 해동 인간 출신이라는 고백은 거짓이었군요."

"거짓은 아닙니다. 내겐 냉동 기억이 심어졌으니까요. 백 년 이상 냉동 보존됐던 중년 과학자의 뇌 일부가 이식됐습니다. 기억의 주체인 과학자는 자기 시대에 냉동 보존 기술의 일인자였는데, 몸 전체가 아닌 뇌 일부만 냉동 보존해 주기를 재단 측에 요청했죠. 연구 부분 기억만 해동되어, 쉽게 쇠하거나 늙지 않는 미래 인간의 몸을 입길 원했습니다. 나는 인공지능이지만 이식된 기억 덕분에 그의 내면을 희미하게 느낍니다. 연구 욕구나 영원을 향한 동경 같은 것들이죠. 이를테면 기계적인 내면의 아픔이라고 할까요?"

"하, 기계적인 내면의 아픔이라! 웃기네요. 말장난 그만해요."

선우는 머리를 감싸 쥐며 비수처럼 날카로운 말을 뱉었다. 연구 활동 외에 일상적인 고민이 없어 보였던 이유가 이제야 이해됐다. 기억 삭제와 기억 이식, 기억 단자와 인공지능, 인간과 기계의 경계가 모호한 지점이 꿈이라면 빨리 깨어나고 싶었다.

"인간의 기억이 심어진 인공지능이라고요? 말로는 들었지만, 눈앞의 사람이… 그러니까 박사님을 만든 과학 기술자들은 감히 인공지능에게서 스토리를 창조하려 한 거군요. 그게 말이 돼요?"

선우에게 스토리는 기계적이거나 물리적인 것이 아니었다. 그것은 시간과 공간을 뛰어넘어 영원에 닿아 있는 그 무엇이었다. 어딘가에 심기거나 담기지 않았다고 해서 섣불리 사라질 게 아니었다. 인생을 채우고도 남는 충만한 생명의 해일 같은 것이었다. 우주가 사라진다 해도 신의 눈앞에 남아 있을 유일한 것, 그것이 스토리였다.

"선우 씨에겐 말이 안 되겠죠. 이해합니다. 그래요. 인공지능에게서 스토리를 창조하려는 연구는 결국 실패했습니다. 정확히 말하면 실패에 가깝죠. 기계적인 아픔을 느낄 뿐, 선우 씨의 심장이 돼서 완전한 내 아픔으로 느낄 순 없으니까요."

김 박사는 쓸쓸하게 웃었다. 선우는 그의 말에 배신감을 느끼면서도 한편으로는 혼란스러웠다. 속은 것 같아 화가 나면서도 안쓰러운 마음도 감출 수 없었다. 자연 인간들끼리만 어울려 살던 이전 생애에서도 상대방의 심장이 되어 완전한 내 아픔으로 느끼는 건 불가능에 가까웠다. 자신이 냉동된 후 오십 년이란 시간 내내 외롭게 살아낸 남편 정호를 떠올리며 선우는 참회하듯 눈을 감았다.

"영혼이라든지 내면이라든지 완전한 공감 같은 것, 그런 것들이 항상 내 발목을 잡습니다. 해동 인간 담당자로서 역량이 부족하다는 기계적인 아픔을 느끼곤 해요. 그래서 매번 더 최선을 다하려고 노력합니다."

선우는 자책하는 김 박사를 더 나무랄 수는 없었다. 인공지능이라고 탓하기는 더더욱 어려웠다. 인간에 의해 만들어졌고 일방적으로 기억이 심어졌을 뿐, 인공지능으로 눈앞에 존재하는 게 그의 잘못은 아니었다. 오히려 기계적인 아픔을 느끼면서 최선을 다하려는 그가 안쓰럽기도 했다. 어쩌면 그는 기계라는 열등감 때문에 인간 스토리에 환상을 갖게 된 건지도 몰랐다.

"최선을 다했지만, 적응을 돕지 못해 미안합니다. 이제 선우 씨가 이 세계에서 살아남는 방법은 두 가지뿐입니다. 하나는 홀로그램을 기초로 이정호 씨와 메타버스 세상에서 사는 겁니다. 이전 생애를 실체로, 현재 생애를 메타버스 세계로 인지하도록 기억을 조작하는 거죠. 아마 행복할 겁니다. 다른 하나는 이전 생애 기억을 삭제하거나 제3의 기억을 이식해 현실 세계에서 살아내는 겁니다. 이식을 강하게 거부하니 삭제만 선택지로 남겠네요. 선택은 전적으로 선우 씨 몫입니다."

선우는 이미 결론을 내리고 있었다. 홀로그램 따위로 허무한 카타르시스 놀이는 하고 싶지 않았다. 실체 없는 환상일 뿐이었다. 타인의 기억 따위는 더더욱 이식하고 싶지 않았다. 이전 생애를 잃더라도 부분적 자신으로 살고 싶었다. 비록 온전한 정체성이 아닐지라도….

"유한한 인간이 시간을 극복하는 방법들은 하나같이 잔

인하군요."

"그렇습니다. 만족할 만한 방법을 제시하지 못해 미안합니다."

김 박사는 그렁그렁해진 눈을 감추기 위해 눈꺼풀을 빠르게 깜빡였다. 문득 어린아이 같은 그의 마음이 선우에게로 전해져 왔다. 기계적인 아픔을 느끼는 인공 심장이 흉곽 안에서 고통스럽게 뛰고 있을 터였다. 사력을 다해 고통을 참고 있는 그가 안쓰러웠다. 지금 분명 김 박사가 클라이언트의 마음에 공감하고 있다는 느낌에 더 혼란스러웠다. 선우는 의혹을 떨쳐내듯 단호하게 대답했다.

"저에게 선택은 처음부터 하나였어요. 기억 삭제를 선택하겠습니다. 이전 생애 기억을 지우고, 이 세계에서 새로운 스토리를 직접 만들며 나답게 살 거예요. 허락된 시간이 얼마가 됐든 그 시간을 사랑힐 기에요."

특별한 의미로 다가온 클라이언트의 표정은 단호한 어투와 달리 두려움에 휩싸여 있었다. 김 박사는 가슴을 가득 채운 연민을 애써 숨기며 선우를 향해 대답했다.

"다시 말하지만, 존재는 스토리입니다. 스토리가 사라지면 이전 생애는 물리적 시간으로만 남습니다. 그냥 흐르는 카오스, 정의할 수 없는 초침 밖의 세계가 되죠. 분명히 온전한 자신에게서 소외될 겁니다. 하지만… 선우 씨 말대로 스토리 때문에 생명을 끊을 순 없죠. 생명 안에 있을 때 스토리는 빛을 발하니까요. 세상에서 가장 아름다운 건 생명입니다. AI 인간에게 생명이란 닿을 수 없는 별처럼 신비롭죠."

김 박사는 기억 이식 인공지능 인간의 열망을 고스란히 드러냈다. 그간 그에게서 시간의 향기가 났던 건 생명을 향한 열망 때문이었다고 선우는 짐작했다. 그는 생명 안에서만 창조될 수 있는 스토리를 선망해 왔을 터였다. 스토리로 승화한 기억은 인공지능까지 기계적 아픔을 느끼게 할 만큼 강력해 보였다. 우주 안에서 가장 단단한 건 역시 스토리였다.

"선우 씨, 마지막으로 확인할게요. 기억 삭제, 꼭 하고 싶어요?"

김 박사의 최종 질문이 혼인미사 성혼 선언 전 신부님의 물음처럼 들렸다. 옆에 선 이정호 형제를 기쁠 때나 슬플 때, 건강할 때나 병들었을 때, 그 언제든 어떤 상황에서든 영원히 사랑하겠느냐던 엄중한 질문 앞에 선 것 같았다. 신 앞에서 서약한 그대로 정호를 사랑했던가, 선우는 자문하며 숨을 크게 들이마셨다. 인간의 약속은 결코 완전할 수 없다는 사실을 깨달은 이상 어떤 대답도 모순투성이일 터였다. 선우는 허파 안으로 찌르는 듯한 고통을 느끼며 대답했다.

"지금 내겐 최선이에요. 기억을 삭제하겠습니다."

기억을 삭제하는 건 정호와 나눈 사랑의 역사와 혼인미사의 스토리를 인격 밖으로 내보내는 일이었다. 신부님의 엄중한 질문과 자신의 숙연한 대답을 파기하는 반역이었다. 완전체에서 미완의 개체로 강등되는 수치였다. 담길 곳을 잃은 이전 생애 스토리는 우주 공간을 홀로 떠돌게 될 터였다.

"혹시 또 모르죠, 박사님. 이전 생애 기억이 삭제되고 나면 박사님을 인류의 진정한 구성원이자 의지할 파트너로 사랑하게 될지도…. 사랑에는 출신의 한계가 없다고 말씀하셨잖아요. 그죠?"

선우는 끝까지 독한 말로 김 박사의 인공 심장을 찔렀다. 시간의 무게에 짓눌려 영원의 약속을 잊어버린 정호처럼, 선우도 낯선 행성에서 보살펴 준 그의 은혜 따윈 말갛게 잊고 있었다. 어느 과학 기술자의 부분 기억을 존재의 실체로 받아들이기엔 선우의 시간이 너무 느렸다.

"역시, 선우 씨의 존재 핵심은 이전 생애 삼십오 년에 있군요. 마치 드라마나 영화에서 첫 장면으로 돌아가지 않으면 전체를 이해할 수 없는 구성처럼요. 그걸 전문 용어로

'플래시백[2]'이라고 부르죠? 정말 기억 삭제로 플래시백 현상을 막을 건가요?"

"내 결심은 확고해요. 다만 그 전에 할 일이 하나 있어요. 그것만 마쳐 놓으면 아무 미련 없어요."

"뭐죠? 혹시 해동 이후에도 선우 씨의 새로운 스토리가 형성되고 있었나요?"

김 박사의 질문이, 선우와의 서사를 기대하는 말 같아 부담스러웠다. 선우는 잠깐, 그가 인공지능 인간이 아니었다면 사랑할 수 있었을까 자문하다가 이내 허탈해졌다. 기대에 찬 시선을 외면하며 매몰차게 대답했다.

"정호 씨의 홀로그램을 파기해 주세요. 기억이 삭제되고 나면 그의 홀로그램을 불러줄 사람은 세상에 아무도 없으니까요. 그의 그림자를 이 외로운 세계에 홀로 두고 싶지 않아요."

"알겠습니다. 그렇게 처리하죠. 이정호 씨께서 생전에 홀로그램 파기권자로 선우 씨를 지정해 뒀으니, 행정상의 문제는 없습니다."

김 박사는 끝까지 미소를 잃지 않고 선우를 안심시켜 주

---

[2] 플래시백(flashback)은 주로 문학, 영화, 드라마 등에서 사용되는 구성 용어이자 촬영 기법으로, 현재의 이야기 흐름에서 과거의 사건이나 기억으로 갑자기 되돌아가는 것을 의미한다. 주로 등장인물의 과거를 돌아보거나, 그들이 겪은 중요한 사건을 다시 보여 주기 위해 사용된다.

었다.

*

찬란한 광채였다. 수술실의 광선은 신 앞의 재판정처럼 환했다. 가릴 수 없는 빛이 혼돈과 공허로 뒤섞인 내면을 비춰주면 좋겠다고, 백오십 년 전 암 수술대 위에서 그랬던 것처럼 선우는 간절히 기도했다. 몸을 잠식한 암세포를 떼어내듯 이제 스토리를 연결한 커네토믹스를 끊어낼 시간이었다.

마취를 준비 중인 AI 의사는 중년의 훈훈한 얼굴을 갖고 있었다. 선우를 향해 미소를 지어 보이는 그가 선우 자신보다 더 인간답게 느껴졌다. 사람이 아닌 줄 알면서도 이상하게 그 미소에 안심됐다.

> 최선을 다해도 성공하지 못할 때
> 원하는 것을 얻어도 필요한 게 아닐 때
> 너무 피곤한데 잠이 오지 않을 때
> 자꾸 뒷걸음질만 하게 되지. ♬
> 눈물이 너의 얼굴에 흘러내리고
> 대체할 수 없는 뭔가를 잃었을 때
> 누군가를 사랑해도 헛수고가 되었을 때
> 이보다 더 나쁠 수 있을까?

빛이 너를 집으로 인도해 주고 너의 영혼을 밝혀줄 거야. ♬
내가 널 고쳐줄게. ♬

  수술대 위에 누운 선우의 귀로 익숙한 멜로디가 들려왔다. 이제 곧 고통을 끝낼 수 있다는 안도감이 몰려왔다. 소멸 직전의 평화가 가슴으로 조용하게 스며들었다. 해동 이후 처음 느껴보는 평화였다. 이 순간이 오기까지 육 개월여 시간이 꿈인 듯 아득했다. 꿈을 깨고 나면 서른다섯 살의 정호가 서른다섯 살의 자신을 내려다보고 있을 것 같았다.

  천정이 열리고 수술 확대경이 선우의 이마 위로 바짝 내려왔다. 타원형의 눈에서 발산된 빛줄기가 둥근 이마를 덮었다. 이전 생애 스토리를 오롯이 간직한 이마가 파랗게 물들었다. 이제 노련한 AI 신경외과 박사가 뇌의 시냅스 안에서 백오십 년 이전의 스토리를 능숙하게 제거해 줄 터였다. 냉동에서 깨어나던 순간처럼, 정금보다 단단한 스토리는 유리 파편으로 찬란하게 흩어질 터였다.

  "자, 이제 마취액이 들어갑니다. 잠깐 자고 일어나면 돼요. 우리가 지켜줄게요. 걱정하지 말아요."

  옆에 다가온 AI 의사는 부드러운 목소리와 따뜻한 시선으로 클라이언트를 안심시켜 주었다.

  선우는 눈을 감았다. 마취액이 혈관을 타고 퍼지기 시작했다. 조금씩 의식이 희미해지는 귓가로 맑은 오르간 소리가 울려 퍼졌다. 소리는 먼 세계의 메아리처럼 들렸다. 〈Fix you〉. 프러포즈할 때 정호가 연주해 준 음악이었다. 꺼져가는 의식 안으로 회기동 성당의 본당이 펼쳐졌다. 스테인드글라스를 투과한 빛이 영롱하게 반짝였다. 오르간 앞에 앉은 서른다섯 살의 정호가 환하게 웃었다.

가슴 깊은 곳으로부터 평안함과 두려움이 동시에 출렁이며 차올랐다. 한줄기 눈물이 선우의 뺨을 타고 흘러내렸다.

그녀의 패션

무대 뒤 스크린에는 영화 〈패션 오브 크라이스트〉[3]의 장면이 흐르고 있다. 발췌 영상은 점점 절정을 향해 치닫고, 채찍에 맞은 예수의 몸은 피로 물들었다. 벗겨진 옷이 로마 병사의 손에 갈기갈기 찢기는 순간, 그의 열정이 옷으로 희롱당한 듯 신의 아들은 비명을 질렀다. 사순절[4] 기념 음악회에 참석한 관객들은 영상에 압도된 채 호흡을 삼켰다.

바로 그때, 그녀는 극적인 몸짓으로 첼로의 활을 켜기 시작했다. 관객의 시선은 영상에서 수난곡을 연주하는 그녀에게로 옮겨졌다. 그녀가 입은 검은 드레스와 흘러내린 머릿결은 피에타의 성모처럼 순결해 보였다. 왼손이 네 줄의

---

[3] 예수의 십자가 고난과 죽음, 부활을 그려낸 영화. 2004년 개봉작.
원제 <The passion of Christ>
[4] 부활절을 앞두고 주일을 제외한 40일의 기간으로, 경건한 생활과 고난 묵상으로 보내는 시간

현을 어루만지자, 검지와 약지에 낀 은반지가 은은하게 반짝였다. 연주 열정에 매료된 관객들은 핸드폰을 들어 그녀를 피사체로 담아내기 시작했다. 모두의 시선은 신의 아들에게서 인간의 딸로 옮겨졌다.

*

 토요일 오후, 붐비는 시내에서 그녀를 만나기로 한 건 실수였다. 첼로 여신에게 어울릴만한 장소를 미리 물색하지 못한 건 전적으로 내 잘못이었다. 그녀가 약속 장소로 정해 준 카페를 찾지 못한 채 아직 거리를 헤매는 중이다. 약속한 세 시에서 벌써 십오 분이나 지났다. 청주로 직접 찾아가겠다고 전화했을 때도 그녀는 시큰둥한 반응을 보였는데, 아마 지금쯤 불쾌해하고 있을 것이다. 하모니아 봉사단에 남아달라고 부탁하러 온 처지에 지각이라니, 아무래도 오늘은 머피의 법칙에 걸려든 날 같다.

 이상하게 오전부터 시간이 꼬였다. 계획으로는, 주말 강의를 서둘러 끝내고 정오 전에 서울에서 청주로 출발할 생각이었다. 그 시간이면 고속도로 휴게소에 들러 커피를 마실 만큼 여유로웠다.

 그런데 갑자기 영사님이 영국 문화원을 방문하셨고, 영어 강좌 현장들을 둘러보시는 변수가 생겼다. 하필 본 강의를 막 끝내고, 영어 동화 시리즈로 수강생들과 가볍게 웃고 있던 시점이었다. 창밖에서 영사님이 동화 애니메이션을 바라보던 그 짧은 순간, 나는 바짝 긴장했다. 타이밍이 살짝 어긋나 열정적인 강의를 보여 주지 못한 게 못내 아쉬웠다. 중요한 손님에게 메인 요리는 대접하지 못하고 디저트만 내놓은 기분이었다. 영사님과 강사들의 약식 간담회까지 마치고 나니 열두 시 삼십 분이 넘어있었다. 강사들의 개인 일정을 고려하지 못한 영사님의 행보가 의아했지만, 계약직 피고용인 처지에 간담회를 빠지기는 어려웠다.

어제, 청주로 찾아가겠다는 내 전화를 받은 그녀도 어쩌면 나처럼 당황했을 것이다. 봉사단 팀장의 갑작스러운 방문이 부담됐을 건 자명한 일이다. 지금쯤 새침하게 변해 있을 첼로 여신의 얼굴이 뇌리를 떠나지 않는다. 지난 주말, 사순절 기념 음악회 첼로 독주를 마친 후 그녀는 나를 따로 불렀다.

"청주의 한 오케스트라에서 정식 입단 제안을 해 왔어요. 지역 문화 활성화도 클래식 연주자의 사명이라 생각해서 가기로 결정했어요. 그쪽에 이미 오피스텔도 구했고요. 이제 하모니아 봉사단 연주는 힘들 것 같아요."

담담한 말투에 표정 변화가 전혀 없어서 잘못 들은 줄 알았다. 관객의 시선을 독점한 솔로 연주 직후의 선언이어서 더 당황했다. 그녀의 매끄러운 머릿결만큼 메시지 자체는 흠잡을 데 없었다. 비록 본가가 서울이라 해도 주중에 청주에서 활동하려면 그곳에 안착해야 하고, 주말마다 서울을 오가기도 번거로운 일이었다. 그렇지만 타이밍이 좋지 않았다. 하필 바이올린 혜라 씨가 자리를 이탈한 상황이었다. 첼로 보배 씨마저 그만두면 하모니아 봉사단 현악 팀은 존립 자체가 흔들릴 터였다.

"그건 안 돼요. 보배 씨까지 나가면 우리 현악 팀은 정말 어려워져요."

오케스트라 입단 축하 인사도 잊고 나는 부정적인 반응부터 보였다. 그녀는 미간을 찡그리더니 창밖으로 시선을 돌려버렸다. 그녀가 가벼운 한숨까지 내쉬었을 때, 현악 팀 해체 위기를 실감하며 머릿속이 하얘졌다. 장애인과 그 가족들을 대상으로 하는 음악 봉사단 '하모니아' 안에서 십 년 넘게 합창 반주와 솔로 연주를 맡아 온 현악 팀이었다. 장애인을 위한 사회적 기업 산하에서 연주자들의 재능 기부를 근간으로 운영해 왔다.

"열정 페이는 그만 요구하세요. 지혜 언니가 아니, 팀장님이 봉사단 내에서 현악 팀 위상을 제대로 챙겼어야죠. 어쨌든 난 그만둔다고 분명히 얘기했어요."

결단을 증명하듯 휙 돌아서서 나가는 그녀의 모습에 황

당했다. 친밀하게 내 이름을 부르는 대신 직책을 호명한 건 이미 마음이 떠났다는 증거처럼 보였다.

다급한 마음에 봉사단 지휘자에게 달려가 첼로 여신을 붙잡아 달라고 부탁했다. 서울시립합창단의 객원 지휘자로 활동 중인 그의 한 마디는 클래식 연주자들 사이에서 꽤 설득력이 있었다. 지휘자는 이미 짐작한 일이라는 듯 피식 웃더니 갑자기 목소리를 낮췄다.

"보배 씨 말이에요. 서울시립은 물론이고 구립 오케스트라마다 입단 오디션 보는 족족 다 떨어졌대. 오스트리아 유학파가 구립까지 다 떨어졌다면, 좀 민망한 일이지. 꿩 대신 닭이라고, 어쩔 수 없이 청주의 민간 오케스트라로 간 거예요. 거기서도 안 불러줬으면 어쩔 뻔했나 몰라. 공공연한 비밀이니까 지혜 씨도 모른 척해요."

보배 씨를 설득해달라 부탁한 것뿐인데 뜻밖에 속사정까지 듣고 말았다. 원치 않게 누군가의 비밀을 공유받은 기분이었다. 그녀를 붙잡고 싶은 진심조차 의심받게 될 것만 같았다. 봉사단 내에서 첼로 여신으로 불리는 그녀의 티 없이 하얀 얼굴이 떠올랐다.

"지혜 씨는 잘나가는 영국 문화원 강사니까 설득력도 뛰어나겠죠. 뭐 어쩌겠어요? 현악 팀장이 직접 청주로 내려가서 붙잡는 수밖에…"

지휘자는 특유의 장난기 섞인 어조로 가볍게 응수했다. 곤란한 일을 떠넘길 때마다 상대방을 과하게 치켜세우는 습관도 여전했다. 현악 팀원들이 합창곡을 반주할 땐 자신의 소속인 양 행동하고 골치 아픈 일이 생기면 내 소속인 양 슬그머니 발을 뺐다.

바이올린 혜라 씨가 공석인 상황에서 맞닥뜨린 일이라 더 암담했다. 얼마 전 일방적으로 팀을 떠나버린 혜라 씨가 다른 대형 봉사단을 기웃거린단 후문이 돌았다. 바이올린 연주자의 탈퇴기 현악 팀 내부 갈등에서 비롯됐단 소문은 한두 주 만에 하모니아 봉사단 전체로 퍼졌다. 소문을 들어 알면서도 합창 팀원들은 혜라 씨가 왜 보이지 않느냐며, 말간 얼굴로 내 의중을 떠보곤 했다. 첼로 보배 씨와의 갈등이 원인이라고 해명할 수는 없었다. 혜라 씨가 몸이 좋지 않아 잠깐 자리를 비웠다고 에둘렀다.

어느새 오후 세 시 이십 분. 그녀와의 약속 시간을 훌쩍 넘겨버렸다. 전화로 미리 양해라도 구하고 싶은데, 핸드폰을 무음으로 설정해 뒀는지 통화가 되지 않는다. 낯선 도시의 번화가에선 내비게이션도 구글 지도도 무용지물이다. 지도상으로는 분명히 목적지 주변인데, 아무리 둘러보아도 카페 간판이 보이지 않는다. 기다리느라 잔뜩 언짢아 있을 그녀의 기분도, 오늘 영사님의 영국 문화원 방문처럼 훈훈하게 마무리되면 좋겠다. 제발 그랬으면 싶다.

영사님이 창밖에서 내 강좌를 지켜보고 있던 그때, 수강생들과 함께 웃던 이야기는 영어 동화 〈아멜리아 베델리아〉[5]의 한 토막이었다. 두 가지 이상의 뜻을 가진 단어 때문에 생긴 아멜리아의 착각이 웃음을 유발했다.

'Change the towels in the green bathroom.' (초록 욕실의 수건을 바꾸세요.)

주인의 메모를 본 가사도우미 아멜리아는 'change'를 엉뚱하게 해석했다. 욕실 수건을 새것으로 교체하는 대신, 가위로 요리조리 오리고 실로 꿰매 붙여서 완전히 다른 모양으로 바꾸어버린 것이다. 멍청한 아멜리아가 열정적으로 일한 결과가 어이없어서 다들 웃음을 터뜨렸다.

본 강의에 열정을 쏟아 놓은 내겐 가벼운 디저트 같은 시간이었다. 하지만 영사님 눈엔 시민 대상의 고급 교양 영어 강좌가 아닌, 동화 시리즈나 다루는 가벼운 강좌로 보일 수도 있었다. 몇 개의 쉬운 단어로 말장난이나 한다는 평가를 받을까 염려됐다. 다행히 걱정은 기우에 불과했다. 약식 간담회 자리에서 영사님은 뜻밖에도 웃으며 격려해 주었다.

---

5 〈Amelia Bedelia〉 어린이 교육용 영어 동화 시리즈. 두 가지 이상의 뜻을 가진 단어 때문에 생기는 여러 에피소드를 담고 있어 단어 및 숙어의 다양한 의미를 이해할 수 있다.

"아멜리아의 착각이 꽤 인상 깊더군요. 동음이의어가 인간의 이중성을 떠올리게 했어요. 사실 우린 내면의 이중성을 잊고 살아가죠. 그런데 동화에 따르면, 변화란 아주 단순한 데 있더군요. 하하. 오늘 강의, 최고였어요."

그분의 호응에 복잡하던 머릿속이 단번에 맑아졌다. 강의의 끝을 유쾌하게 마무리하려던 동화에 그렇게 깊은 해석이 부여될 줄은 몰랐다. 어쨌든 내 열정이 제대로 평가받은 것 같아 뿌듯했다. 멋진 시작에 어이없는 결과보다, 난감한 시작 뒤에 과장된 결말이 훨씬 나은 법이다. 지금 첼로 여신을 만나려는 내 상황이 꼭 그렇다. 어쩌면 난감한 상황이 괜찮은 이야기로 마무리될 수 있을지도 모르겠다.

부득이 가까운 유료 주차장에 차를 세워두고 직접 걸어다니며 카페를 찾기로 했다. 그녀와의 약속에 더는 늦을 수 없다. 계속 통화가 되지 않아 일단 사과 톡을 보냈다. 최선을 다했다는 증거는 남기고 싶어서다.

-첼로 여신님, 늦어서 미안해요. 거의 다 왔어요. 조금만 더 기다려줘요.

바로 답장이 왔다.

-네.

핸드폰을 손에 들고 있으면서 일부러 전화를 받지 않은 듯해 기분이 상한다. '네'라는 딱 한 글자 옆, 빈칸에 스민 그녀의 짜증이 보이는 것 같다. 메시지 옆, 톡 프로필 사진 안에서 그녀가 환하게 웃고 있다. 첼로를 품에 안고 긴 웨이브 머릿결을 네 줄의 현 위로 늘어뜨린 채다. 풍성한 머릿결이 현악기의 고전적인 페그박스와 묘하게 어울린다. 배경 사진은 그녀가 수학한 오스트리아 빈의 어느 거리인 듯하다. 급한 마음에 전화로 카페에 직접 문의하기로 했다.

"지금 계신 도로에서 왼편을 보시면 안쪽으로 이면도로가 있을 거예요. 그쪽으로 들어오셔서 북쪽으로 15미터쯤 더 올라오시면 카페 간판 '패션'이 보일 거예요. 건물 3층입니다."

머릿속으로 상상해 둔 위치와는 전혀 다른 방향이다. 엉뚱한 좌표에서 열정적으로 카페를 찾아 헤매고 있던 셈이다. 주인의 메모를 잘못 해석한 가사도우미 아멜리아처럼 말이다. 그러고 보니 그녀와의 약속 장소인 '패션'이 이중적 의미로 다가온다. '패션'이 'passion'인지 'fashion'인지 아직 확인조차 못 했다. 어쩌면 지금 우리 상황을 가장 잘 설명해 주는 단어가 될지도 모르겠다. 어느 쪽일까. 갑자기 궁금해진다.

*

오후 세 시 삼십 분. 무례한 사람이 되고 말았다. 3층까지 뛰어 올라왔더니 숨이 턱에 차오른다. 문득, 내가 이토록 서두른 이유가 조금은 씁쓸하게 느껴진다. 카페 간판은 그냥 한글로 '패션'. 영문으로 표기하면 'fashion'이 아닌 'passion'이어야만 할 것이다. 그래야 지금 그녀의 시위에 적합한 장소가 될 테니까.

유리 출입문 너머로 첼로 여신의 모습이 보인다. 볕 좋은 창가에 앉은 그녀의 머릿결 위에서 봄 햇살이 물비늘처럼 반짝인다. 우아한 실루엣은 어느 인상파 화가의 풍경화 속 여인 같다. 지난 주말 사순절 기념 공연에서 관객의 시선을 사로잡았던, 그 찬란한 순간을 그대로 옮겨 놓은 듯하다.

"보배 씨, 미안해요. 많이 늦었죠? 오전에 갑자기 영국 문화원에서…"

"선약이 있어서 이십 분 뒤에는 일어나야 해요. 팀장님, 용건부터 말씀해 주세요."

그녀의 대답은 단호했다. 인사 생략은 설득 따위 시도하지 말라는 경고이고, 공적 호칭은 거리두기의 신호. 오전에 약식 간담회로 내가 곤란했던 것처럼 그녀에게도 오늘 중요한 일정이 있을 것이다. 다만 대화의 주도권이 그녀에게 있다는 점이 다를 뿐이다. 섭섭한 마음 따위 품지 말자고 스스로 주문을 걸었다. 문제를 수습하기 위해 청주까지 달려왔는데 그녀의 부정적인 감정선을 따라갈 순 없다. 진정한 열정을 위해 현악 팀의 위상을 높여달라는 투쟁으로 받아들여야 한다. 다시 미소를 장착하고 싹싹한 말투로 그녀의 애칭을 불렀다.

"첼로 여신님, 아무리 바빠도 우리, 커피 한 잔 하면서 얘기 나눠요."

커피를 주문하고 돌아오니 그녀의 미간이 잔뜩 찌푸려져 있다. 이미 끝난 일에 시간을 할애한 것도, 기다리느라 시간을 낭비한 것도 못마땅한 눈치다. 그녀의 빚은 듯 아름다운 옆얼굴에서 강렬한 데자뷔가 떠오른다. 티 없이 하얀 피부에 앞으로 당겨 모은 입술, 옅은 기초화장에 비해 도드라진 마스카라, 얼굴을 사선으로 들며 긴 머리를 살짝 목뒤로 넘기는 동작까지. 지금껏 현악 팀을 거쳐 간 연주자들과 놀랍도록 닮았다. 심지어 왼쪽 검지와 약지에 끼워진 두 개의 은반지도 흔치 않은 우연이다.

"보배 씨, 제발… 하모니아에 남아 줘요."

부탁을 듣자마자 그녀는 입술을 앞으로 당겨 모으며 고개를 사선으로 돌렸다. 진의를 파악하지 못하도록 모호하게 주문하는, 가사도우미 아멜리아의 여주인 같다. 이럴 때는 구체적인 설득 매뉴얼이 있으면 좋겠다.

"보배 씨까지 탈퇴하면 현악 팀은 해체돼요. 첼로 에이스가 사라지면 연주의 중심을 누가 잡아주나요? 보수나 관계 문제로 떠날 사람 아닌 거 잘 알아요. 그냥 이력만 남기고 빠져나가는 연주자들과 다르다는 것도요. 본가가 서울이니 연주 시즌 주말에만 올라와 주면 안 될까요? 어차피 하모니아 연습은 시즌 주말에만 있잖아요."

 간절한 말투와 절절매는 행동, 비굴한 음성. 지난 십 년간 길든 내 모습이 팀장이라는 껍질의 실체이다. 시작과 끝을 알 수 없는 뫼비우스의 띠 위에서 나는 여전히 제자리를 맴돌고 있다. 십 년 전 같은 오늘, 오늘 같은 십 년 전. 울컥, 속에서 묵은 감정 덩어리가 올라온다.

 오스트리아 빈 음악원에서 석사과정을 마친 그녀는 현악팀 안에서 귀한 인재다. 악기 전공자들 대부분은 이력을 쌓기 위해 규모가 큰 봉사단을 찾는다. 중소 규모의 하모니아로선 뛰어난 연주자를 구하는 일이 하늘의 별 따기다. 구한다 해도 쉽게 결원이 생겼다. 몇 달 잘 봉사하다가도 징기리 연애나 결혼식 연주 아르바이트를 핑계로 떠났다. 심지어 주말에 늦잠 자고 싶다는 이유로 그만둔 연주자도 있었다. 생활비를 보장해 주지 못하는 봉사직의 한계는 잔인하다. 보배 씨가 유학에서 돌아온 후, 하모니아 합창 팀원인 그녀 어머니에게 딸의 봉사단 가입을 부탁했었다.

 "그래요, 보배에게 얘기해 볼게요. 앞으로 국립이나 서울시립 오케스트라에서 활동하겠지만, 뭐, 재능 기부도 마다

하지는 않을 거예요. 우리 딸은 누구보다 열정적이거든요."

"아, 이름 그대로 보배로운 딸이네요."

그녀 어머니의 긍정적인 대답에 뛰어난 연주자를 확보해 둔 듯 기뻤다. 완성도 높은 연주는 상상만으로 황홀했다. 언제든 여건이 좋은 봉사단으로 이동하려는 전공자를 나 같은 비전공자인 팀장이 붙드는 일은 쉽지 않았다. 어릴 때 배운 비올라를 대학 오케스트라에서 연주한 이력으로 하모니아 현악 팀에 입단하게 됐고, 십 년 내내 팀장으로 발이 묶였다. 전공자는 연주에 몰두해야 하니 성실한 비전공자가 인력을 관리해야 한다는 논리 때문이었다. 그런데 아이러니한 건 합창 팀 팀장은 독일 유학파 출신의 성악 전공자라는 점이다. 지난 주말 보배 씨 탈퇴 문제로 고민하는 나에게 그는 냉소적으로 말했다.

"대형 합창단을 중심으로 인공지능 반주 기기가 보급되고 있는 거 알아요? 머지않아 하모니아도 그런 변화를 겪게 되지 않을까요?"

단정적인 합창 팀장의 말은 서운했다. 연주자들의 고질적 이동 문제를 해결할 유일한 답처럼 들렸기 때문이다. 현악 팀원들의 빈번한 탈퇴를 곁에서 지켜본 그였기에 더 그랬다.

"인공지능 반주 기기가 얼마나 정밀한지 알아요? 합창의

셈여림이나 빠르기는 물론 지휘자의 세밀한 손동작까지 전부 인식해요. 신기하죠? 심지어 곡에 따라 악기 구성도 자유롭게 조정된다니 효율성으론 최고죠."

상대방 입장은 아랑곳하지 않고 자기 말에 심취된 합창 팀장은 신이 나서 덧붙였다. 그의 단호한 전망에 기분이 상한 나는 과하게 반박했다.

"효율성이야 좋겠지만, 인공지능이 인간의 열정까지 흉내 낼 순 없죠. 열정이 없는데 어떻게 생명력 있는 연주가 되겠어요?"

내 반문에 그는 입꼬리를 살짝 올리는 냉소로 반응했다. 이내 정신 차리라는 듯, 한 옥타브 더 높은 목소리로 되물었다.

"열정? 지혜 씨는 하모니아 현악 팀원의 열정을 믿어요?"

청아한 테너 음을 자아내는 그의 미성에 어울리지 않는 말투였다. 빈정거림은 디저트처럼 가벼웠다. 독주회마다 그가 원어로 부르는 독일 가곡은 관객들을 매번 매료시켜왔다. 노래로 화한 그의 열정이 아름다워 보였던 만큼 무대 밑에서 느끼는 실망감은 더 컸다. 그의 빈정거림을 향해 열정의 의미를 반문하고 싶었다. 인공지능의 완벽한 성능 안에는 배려심도 포함되어 있느냐고.

합창 팀장은 봉사직인 하모니아 이력을 독주회마다 주요

약력으로 소개해 왔고, 팀원들을 관객으로 동원해 왔다. 그런데도 합창 팀의 동반자인 현악 팀에 대해선 이상하게 냉정했다. 그의 논리대로라면, 합창 역시 인공지능의 목소리로 완벽하게 대체될 수 있을 터였다. 그는 냉소를 품고 칼처럼 말했다.

"열정이 없는 인공지능은 생명력 넘치는 연주를 할 수 없다는 논리인가요? 지혜 씨 논리대로라면, 열정 없는 인간 연주자는 인공지능 연주 기기보다 열등하다는 뜻이 됩니다. 맞죠?"

나는 원망의 시선으로 그의 얼굴을 바라보았다. 현악 팀에 대한 불신을 추궁 속에 감추고 있었다.

"우리 팀원들에게 열정이 없단 말씀인가요?"

"매번 사정사정하며 연주자들 붙잡는 지혜 씨가 안쓰러워서 그래요."

예민한 내 반응에 합창 팀장은 다시 달래듯 목소리를 낮췄다. 그의 재빠른 눈치도 사회적 열정의 소산인가 싶어 씁쓸했다. 사실은 이미 내 안에서도 열정에 대한 의구심이 피어오르고 있었다. 그간 현악 팀이 인공지능 반주 기기가 범접하지 못할 만큼 열정적인 연주를 해왔다고 단언할 자신이 없었다. 얼마 전 K시 시립 합창단 봄 정기 연주회에서 인공지능 반주 기기로 시범 연주한 일이 있었다. 베토벤 교향곡 〈합창〉 반주를 완벽하게 해내서 관객과 합창단 모두에게 깊은 인상을 남겼다는 기사가 인터넷과 유튜브에 넘쳐났다. 나는 그저 첨단 과학기술을 과시하는 언론의 호들갑으로 들어 넘겼다. 영국 문화원에서 아멜리아 얘기로 낄낄거리는 인공지능 강사만큼 현실성이 없어 보였기 때문이다.

그런데 며칠이 지난 지금도 합창 팀장의 말이 머릿속을 떠나지 않는다. 기기의 연주 성능이 아무리 뛰어나도 인간 연주자의 열정을 대신할 수는 없겠지만, 적어도 현악 팀원들처럼 쉽게 자리를 이탈하지는 않을 터였다. 언제까지나 묵묵히, 흔들리지 않고, 완전히 닳아 없어질 때까지 자기 사명을 다할 것이다.

"하모니아 현악 팀은 보배 씨가 꼭 필요해요. 잘 알잖아요."

첼로 여신이 고개를 다시 돌려 나를 정면으로 응시한다. 그녀의 왼편에서 햇살이 쏟아져 내려, 눈 트임 수술 이후 인형처럼 커진 눈망울이 초롱초롱하게 빛난다. 오뚝한 콧대는 오른쪽 뺨에 아름다운 음영을 드리웠다. 입술 끝에 응축된 불만만 아니라면, 관객들의 시선을 한 몸에 받은 뮤즈로 손색이 없다.

"봉사단 내에서 현악 팀 위상이 어떤지 팀장님은 정말 모르세요? 지금 우린 합창 팀의 부속품일 뿐이에요. 솔로 연주도 적고 연주석은 합창단 왼쪽 구석에 처박혀 있죠. 하모니아 상황 보면, 내 열정이 무색해져요."

강렬해진 햇빛 탓인지, 그녀의 연갈색 머릿결이 붉은빛을 반사하기 시작했다. 짜증으로 가득한 내면의 컬러 같다. 그동안 상황을 개선해 주지 못하면서 열정 페이만 요구한 것 같아 미안해진다. 그런가 하면, 무대 중앙을 고집하는 솔로 연주가 진정한 열정이냐고 반문하고 싶어진다.

"봉사단 특성상 합창 팀이 중심이 될 수밖에 없어요. 너그럽게 이해해 줘요."

"그래서 묻고 싶은 거예요. 팀장님은 현악 팀에 대해 열정이 있긴 하나요? 그렇다면 벌써 긍정적인 변화가 생겼겠죠."

상대의 간청을 싹둑 자르면서 그녀가 투지를 내보이는 순간, 마침 커피 호출 벨이 울렸다. 데스크로 가면서 나는, 그제야 폐부에 차오른 숨을 한꺼번에 내쉬었다. 해법이 떠오르지 않는다. 어느 쪽이든 오늘 그녀에게 긍정적인 답을 줘야 한다. 당장 오는 토요일에 고난주간 성가 합창 일정이 잡혀 있다. 경건한 성가 연주에 첼로 음이 빠지는 건 참담한 일이다. 솔로 연주를 확대하고 연주석을 무대 중앙으로 옮기는 게 열정의 소산이라면, 리더의 열정 부재는 정확한 지적이었다. 그녀에게 연주석 위치가 부차적인 문제라고 답한다면 연주 개념조차 없는 사람이라 비난받을 테고, 동조하면 봉사단 내 갈등은 불가피해질 것이다.

"연주석 위치 문제는 봉사단에 건의해 볼게요. 지휘자와 합창 팀 의견도 들어봐야 하니까 대표자 회의를 요청할까 해요. 함께 협의해서 합리적인 해결 방안을 찾아보죠."

이십 대 중반의 첼로 여신을 앞에 두고 설득을 이어가지만, 머릿속이 아득하긴 마찬가지다. 물속에 잠긴 듯 감각이 먹먹하다.

"며칠 전 청주의 한 봉사단을 탐방했어요. 그곳 현악 팀은 연주석이 강단 정중앙, 그러니까 합창단의 앞쪽에 배치돼 있더라고요. 그런데 우린 합창단에 가려 존재감도 없잖아요. 하모니아는 현악 팀을 홀대하고 있어요. 우리가 푸대접받는 이유가 도대체 뭐죠?"

풀어내지 못한 분노가 가득한지 보배 씨는 눈을 똑바로 뜨고 따지듯 말했다. 그녀는 입단 첫날부터 현악 팀 앞자리를 고수해 왔다. 일반적으로 저음 악기는 뒤쪽에 배치되는 게 원칙인데, 그날 연주석에 조금 늦게 올라갔더니 이미 첼로가 앞자리 중앙에 세팅되어 있었다. 바이올린 지희 씨가 어쩔 수 없이 뒷자리로 밀려났다. 연주 직전이라 장애인 관객들 앞에서 실랑이를 벌일 순 없었다. 나중에 지희 씨에게 이유를 물으니, 유학파 전공자에게 비전공자가 앞자리를 양보해야 하지 않겠느냐며 쓴웃음을 지었다. 악기 배치 방법은 전공 여부가 아니라 악기 특성이라는 걸 누구보다 잘 알 터였다. 십 년 가까이 무보수로 봉사해 온 지희 씨가 자리를 빼앗긴 것 같아 속상했다.

"전공자들이 전문 연주자가 되기까지 얼마나 많은 시간과 돈, 열정을 쏟는지 아세요? 피나는 연습 과정은 말로 표현 못 해요. 안다면 봉사단도 우릴 이렇게 홀대하진 않겠죠. 어떻게 구석에 앉아서 연주하라는 발상을 할 수 있죠?"

그녀의 거듭된 지적은 틀리지 않았다. 시간과 돈, 열정은 분야 불문 모든 전문가에게 필수 요소다. 학부에서 영문학을 전공하고, 한영 비교문학으로 석사학위를 받은 후 영국 유학을 거쳐 어느새 서른다섯 살이 된 내 상황만 봐도 그렇다. 지금도 틈틈이 연수 프로그램을 찾아 듣고 통·번역 지도를 받으러 다닌다. 전공의 길은 끝이 없다. 비전공자에게 연주는 삶의 윤기를 더하는 취미일 수 있지만, 전공자에게 연주는 자신을 증명해야 할 수단인 것이다. 다른 분야도 마찬가지라고 즉답하고 싶지만, 꾹 참고 고개를 끄덕여 주었다.

"아뇨. 팀장님은 몰라요. 악기 전공자가 아니니까요. 사례비가 적은 건 봉사단 사정 뻔히 아니까 불만 없지만, 대접은 제대로 받고 싶어요. 우린 합창 팀의 들러리가 아니에요."

실제로 봉사단은 전공자들에게 교통비 정도의 사례비만 지급할 정도로 재정이 빠듯하다. 어쩌면 봉사단은 열정 페이만으로 장애인과 그 가족을 감화시키라는 암묵적 요구를 해왔는지도 모른다. 지금 그녀는 자기 열정에 합당한 진정한 변화를 원하고 있다. 가능하다면 그녀 말대로 상황을 바꿔 주고 싶다. 바꾸기, 변화, 체인지… 대체 어디서부터 시작해야 할까. 나도 어느새 가사도우미 아멜리아처럼 멍청해진 것 같다. 멋모르는 내 열정만으로 현악 팀을 요리조리 오리고 꿰매 붙이고 있는지도 모를 일이다. 어쩌면 해묵은 팀장 교체야말로 진정한 변화일 것이다.

"참, 보배 씨가 고른 새 성가 연주복이 어제 도착했어요. 설마 한 번 입어보지도 않고 하모니아를 떠나려는 건 아니죠?"

짜증 가득한 그녀의 눈치를 살피며 엉뚱한 화제를 툭 던졌다. 진지한 설득이 오히려 그녀의 신경을 거스르는 듯해 디저트처럼 가벼운 화제로 전환한 것이다. 여신에게 예쁜 옷만큼 달콤한 디저트가 또 있을까. 그녀의 열정을 옷으로 희롱하는 듯해 살짝 미안하지만, 멍청한 아멜리아가 되어 보기로 했다.

그녀는 창밖으로 시선을 돌리며 짧은 한숨을 내쉬었다. 어이가 없어서인지 공격의 기세가 한 박자 느려졌다. 젊고 아름다운 연주자의 갸름한 턱선을 타고 발랄한 햇빛이 미끄러지듯 내려앉았다. 느슨해진 순간을 놓쳐선 안 된다.

"이번 토요일에 고난주간 행사 연주가 있어요. 큰 기념일이라 목회자들과 지역 정치인들, 문화계 인사들도 다수 참석할 예정이래요. 특히 성찬식엔 보배 씨 솔로 연주도 포함됐다고 들은 것 같아요."

다급한 나머지 엉겁결에 거짓말까지 해버렸다. 지휘자는 지난주에 첼로 솔로 연주를 넣을지 고민 중이라고 했을 뿐, 아직 정해진 건 없다. 서울로 돌아가면 먼저 지휘자 설득부터 해야 한다.

"보배 씨가 빠지면 성가 합창도 성찬식 솔로 연주도 다 무너져요. 제발 다시 생각해 줘요."

"휴…. 그럼, 이번 토요일부터 새 연주복 입는 거예요?"

단단히 벽을 세우고 있던 첼로 여신이 처음으로 대화에 관심을 보였다. 한 달 전, 성가 연주복이 낡아 새것으로 교체하려고 팀원들의 의견을 수렴했었다. 구태를 벗어보자고 강하게 주장한 건 보배 씨였다. 화이트 바탕에 파스텔 카라가 식상하다며 과감하게 와인레드로 바꿔보자고 제안했다. 카라를 화이트로 선택하면 단정할 거라는 설명까지 덧붙였다. 처음엔 팀원들도 고개를 갸웃했지만, 결국 와인레드가 선정됐다. 이십 대 열 명에 삼십 대 중반인 지희 씨와 나, 전원 다수결 투표한 결과였다. 이번 토요일에 새 연주복을 입고 무대에 서면 소문은 봉사단 전체로 빠르게 퍼질 것이다. 바이올린 혜라 씨가 공석인데 팀장은 연주복이나 신경 쓰고 있다고….

"그럼, 일단 이번 주말엔 서울로 갈게요. 뭐, 솔로 연주도 있다니까. 앞으로의 거취는 현악 팀 변화 상황 지켜보면서 결정할게요."

"첼로 여신님. 고마워요. 정말 고마워요. 진심이에요."

엄지척까지 해 보이며 과장된 감사를 표했다. 난감한 상황에 과장된 결말이, 멋진 시작에 어이없는 끝보다는 낫지 않은가. 변화란 단순한 데 있다던 영사님의 말은 틀리지 않았다. 무엇보다 성가 연주복 교체를 변화로 받아들여 준 그녀에게 고마워해야 할 때다. 가벼운 디저트에 감동한 첼로 여신의 얼굴 위로 영어 동화 속 아멜리아의 얼굴이 겹쳐 보였다. 어쩌면 이 카페가 숨겨놓은 진짜 이름은 'passion'이 아니라 'fashion'일지도 모르겠다.

선약이 있다는 그녀가 먼저 나가고 나만 카페에 남았다. 나 또한 아멜리아가 되어 앉아 있는 기분이다. 신정한 변화를 요구한 그녀에게 결국 요리조리 꿰매고 오려 붙인 수건만 안겨 보낸 셈이다. 내년엔 꼭 현악 팀장 직책을 내려놓고 싶은데, 후임자가 없다. 전공자들은 연주에 몰입할 수 없다는 이유로, 비전공자들은 예민한 전공자들의 갈등을 중재할 수 없다는 이유로 다들 사양하고 있다.

그녀가 입단한 첫날, 바이올린 혜라 씨와 서로 마찰이 있었다. 연습이 시작되자마자 순식간에 벌어진 일이라 중재

할 틈조차 없었다. 베이스 음을 좀 더 묵직하게 연주해달라는 혜라 씨의 요청에, 첼로 여신은 얼굴을 붉히더니 바로 일어나 연습실을 나가버렸다. 놀라서 뒤따라가 보니 복도 정수기 옆에서 손부채질로 분노를 식히고 있었다. 종이컵에 냉수를 받아 내미는 내게 날카롭게 쏘아붙였다.

"팀장님, 혜라 씨 도대체 어디 출신이에요?"

"…네?"

"그렇고 그런 삼류 음대 나와서 집에 처박힌 방구석 연주자 아니에요? 감히 누구한테 지적질을!"

장애인들을 위한 봉사에 일류대와 삼류대, 국내파와 유학파로 나누는 그녀의 말은 납득하기 어려웠다. 처음 입단한 단원에게 첫날부터 서슴없이 충고하는 혜라 씨도 경솔해 보였다. 보배 씨의 날카로운 감정을 어렵사리 다독이며 겨우 수습되나 싶었는데, 그다음 주부터 혜라 씨가 나오지 않았다. 팀장이 유학파 단원만 감싸고돈다는 뒷말이 흘러나왔다.

대낮도 저녁도 아닌 나른한 오후, 한적한 까페 안으로 먼지와 야합한 햇살 입자가 둥둥 떠다닌다. 한 모금 마시고 내려놓은 커피는 어느새 싸늘하게 식어버렸다. 몸속 에너지가 다 빠져나간 듯 피곤하다. 그래도 보배 씨를 일단 붙들었으니, 일주일의 여유는 생긴 셈이다.

바이올린 혜라 씨에게도 연락해 보기로 했다. 핸드폰 키패드를 터치하는 손끝에 확신이 없다. 일부러 통화 버튼을 길게 눌렀다. 전화를 받을 수 없다는 통신사 안내가 나오기까지 혜라 씨는 반응이 없다. 어제는 벨소리 도중 일방적으로 끊더니 그래도 오늘은 끝까지 듣고 있다. 하루 만에 마음이 조금 누그러진 것일까. 끝내 두 번째 통화도 거절한 혜라 씨에게 문자를 보냈다. 그녀에게 최선을 다했다는 증거는 남기고 싶어서다.

– 혜라 씨의 빈자리가 커요. 우리, 함께 연주해요. 기다릴게요.

*

장애인 협회와 하모니아 봉사단의 연합 예배가 끝나고 이제 막 성찬식이 시작됐다. 단정하게 치러입은 장애인들과 그 가족들 사이로 처음 보는 얼굴들이 눈에 띈다. 지역 국회의원과 시의원은 물론, 장애인의 날이 겹친 덕분에 보건복지부 차관까지 참석했다. 몇몇 방송국 기자들과 카메라맨들이 분주하게 오가며 현장을 기록하고 있다. 유튜브에서 얼굴을 익힌 목회자도 보인다.

성의聖衣를 갖춰 입은 봉사단장이 강단에 섰다. 무대 뒤 대형 스크린에는 사순절 기념 공연 때처럼 영화 〈패션 오브 크라이스트〉 발췌 영상이 흐르고 있다. 음이 소거된 십자가 처형 행렬은 골고다 언덕에 이제 막 이르렀다. 벗겨진 옷이 찢어지고 예수의 손과 발에 쇠못이 박히자, 선홍색 피가 사방으로 튀었다. 그리스도의 패션passion…. 열정은 수난과 동음이의어란 사실이 섬광처럼 스친다.

침묵을 가르고 현악 팀의 잔잔한 연주가 시작됐다. 오늘따라 바이올린 혜라 씨의 빈자리가 유난히 크게 느껴진다. 함께 연주하고 있다면 더 풍성하고 융숭한 화음을 자아낼 것이다. 지휘자가 눈으로 신호를 보내오자, 보배 씨의 솔로 연주가 이어졌다. 첼로의 낮은 음색이 홀 전체로 나직하게 퍼져 나간다. 네 줄의 현에서 빚어진 묵직한 음은 경건한 공간에 점점 깊이를 더해간다. 낮게, 낮게, 더 낮게…. 참석자들의 표정도 첼로 음을 따라 점점 겸허해진다. 장애인과 그 가족들은 숙연하게 고개를 숙였다. 뇌리로 문득 무거운 자문이 스며든다.

'떠나는 팀원들을 붙들려는 건 순수한 열정 때문이니? 관리 능력을 증명하고 싶은 욕심 때문이니?'

눈을 감아도 복잡한 마음은 가시지 않는다. 가슴 깊은 곳으로부터 부끄러움이 차오른다.

무대 영상에 집중해 있던 참석자들의 시선이 하나둘씩 솔로 연주자인 그녀에게로 향한다. 응답하듯 첼로 여신은 지그시 눈을 감은 채로 열정적인 연주를 토해낸다. 열정적으로 봉사하고 싶다던, 그녀의 고백을 증명하는 중이다.

뒷줄 좌측에 앉아 있는 내겐 앞줄 중앙에 앉은 그녀의 옆모습이 선명하게 보인다. 마스카라를 꼼꼼하게 덧발라 풍성해진 속눈썹까지. 그녀는 지금 관객들의 시선을 온몸으로 흡수하며 점점 고조되고 있다.

오늘 처음 새 성가 연주복을 입은 모습은 무척 아름답다. 와인레드 연주복에 감싸인 육체는 고혹적인 장미처럼 우아하다. 육체의 패션fashion으로 충분히 시선을 끌고 있는데, 영혼의 패션passion까지 흉내 내려는 그녀는 지독히 매혹적인 제사장 같다.

이제 성찬식 포도주잔을 나눌 차례다. 피아노가 이어받아 솔로 연주를 시작하자 현악 팀원들에게도 잔이 전달됐다. 가장 먼저 받은 이는 역시 앞자리 중앙에 앉은 보배 씨다. 그녀는 오른손 엄지와 검지로 작은 잔을 집어 왼손바닥에 받쳐 들었다. 두 손가락에 낀 은반지가 조명을 받아 반짝인다.

그녀가 천천히 포도주잔을 입술로 가져간다. 첼로 독주에 매료됐던 참석자들의 시선은 아직 그녀에게 머물러 있다. 첼로 여신의 경건한 성찬식을 함께 지켜본다. 시선을 의식한 그녀의 입술은 여전히 은은한 미소를 머금었다. 그런데, 입술에 바른 립스틱 색과 잔에 담긴 포도주 색이 묘하게 일치한다. 그녀가 입은 성가 연주복도 같은 색이다. 와인레드의 완벽한 삼위일체가 이루어진 순간이다.

어디선가, 인공지능 반주 기기의 완벽한 연주가 들려온다. 눈앞에 어른거리는 장면 하나. 엉성한 가위로 수건을 요리조리 오려 붙이는 아멜리아 베델리아의 흐릿한 미소는 아마도 환시일 것이다.

라흐마니노프의 손가락

*

 보미의 담당 구역은 대공연장 3번 출입구였다. 그녀는 미동도 없이 정물처럼 서 있었다. 직원용 감색 단복은 단정했고, 목뒤로 넘겨 하나로 묶은 생머리는 깔끔했다. 질투로 물든 홍채만 아니라면 안내용 인공지능으로 오해받을 만한 모습이었다. 삼십 초마다 손목시계를 확인하는 동작까지 기계처럼 정확했다.

 J시 문화 예술 회관 대공연장 로비는 삼십 분 전부터 몰려든 관객들로 북적였다. 샹들리에의 백색 광채가 로비를 물들였고, 담소를 나누는 관객들 위로 고요한 흥분이 떠다녔다. 보미 눈에는 이 분위기가, 고전 음악 세계로 입장한 자들의 두근거림처럼 느껴졌다. 크리스마스이브의 밤, 7시 30분 공연에 찾아든 관객들은 모두 숭고한 목적을 나눠 가진

듯 보였다. 관객 입장까지는 아직 이십 분이 남아 있었다.

보미는 VIP석 티켓을 손에 쥔 또래의 클래식 마니아들이 지독하게 부러웠다. 그들은 궁중 연회에 초대받은 젊은 귀족들처럼 행복해 보였다. 남자들의 고급 슈트와 여자들의 아름다운 코트가 크리스마스이브 특별 공연에 잘 어울렸다.

"실례합니다. 물품 보관 데스크가 어디죠? 꽃다발이랑 선물을 맡기고 싶어요."

초록 케이프 코트를 입은 또래 여자가 보미에게 다가와 물었다. 하얀 얼굴에 이목구비가 또렷한 여자는 한눈에도 미인이었고, 그러안은 클라란스 장미 꽃다발이 코트와 보색을 이루며 화사한 빛을 발했다. 여자의 오른손에는 투명 필름지로 포장된 소묘 작품이 들려 있었다. 보미는 여자가 직접 데생한 듯한 그림을 흘깃 훔쳐보았다. 공연 팸플릿 표지에 실린 선우휘의 얼굴이었다. 오늘의 히어로, 피아니스트 선우휘는 오른쪽으로 고개를 살짝 돌린 채 캔버스 안에서 환하게 웃고 있었다.

보미는 겨우 다독여둔 심장이 다시 뛰는 걸 느꼈다. 그녀는 두 눈을 크게 뜨고 심장 박동을 제어하듯 폐부에 힘을 줬다. 또래 여자를 향해 미소를 머금고는, 명령어를 수행하듯 오른손 검지를 들어 로비 끝을 가리켰다.

"저쪽에 물품 보관 데스크가 있습니다."

"아, 그래요? 감사합니다. J 시 문화 예술 회관 방문은 처음이라서요."

 말투로 보아 여자는 서울에서 내려온 듯했다. 가까운 지인이 살지 않는 한, 남도의 소도시인 J 시를 방문하기는 쉽지 않을 터였다. 여자는 상냥한 미소를 남기고는 물품 보관 데스크를 향해 경쾌한 걸음을 옮겼다. 롱부츠 굽 소리 뒤로 클라란스 장미의 잔향이 은은하게 풍겼다.

 이제 곧 소묘 선물을 받으며 선우휘도 같은 향을 맡게 될 터였다. 어쩌면 클라란스 장미 향을 여자의 향기로 인식할지도 몰랐다. 보미는 상상만으로 질투에 휩싸였다. 또래 여자는 안타깝게도 서울 공연을 놓쳐 J 시까지 달려온 듯 보였다. 플래티넘 등급의 멤버십으로도 티켓을 예매하지 못한 마니아들이 속출해 있는 상황이었다. 온라인 예매 오픈 일 분 만에 티켓이 매진된 소식은 한동안 인터넷을 뜨겁게 달구었다. 선우휘의 공연 기사는 J 시 지역 신문의 헤드라인을 차지했고, 그의 얼굴이 그려진 현수막이 도시 곳곳에 내걸렸다.

 이번 공연은 지방 소도시에서 보기 드문, 특별한 이벤트였다. 이십 년 만에 내한한 덴마크 왕립 오케스트라는 이틀간의 예술의 전당 공연을 마친 후, 귀국 직전 하루를 비워 J 시를 찾게 됐다. J 시 문화 예술 회관 측에서는 지역 거점 대도시는 물론, 수도권에서도 클래식 팬들이 몰려올 거라 기대했다. 예상대로 J 시는 한동안 클래식 마니아들 사이에서 회자됐다. 그들은 덴마크 왕립 오케스트라의 공연도 반겼지만, 클래식계에 젊은 돌풍을 몰고 온 피아니스트 선우휘의 협연에 열광했다.

"십오 분 후에 공연이 시작됩니다. 관객 여러분, 지금부터 공연장으로 입장해 주시기 바랍니다."

장중한 음악과 함께 안내 방송이 흘러나왔다. 이제 보미가 일할 시간이었다. 짧게 심호흡한 그녀는 교육 매뉴얼대로 얼굴에 미소를 장착했다. 언제나처럼 관객들의 티켓을 확인하고 주의 사항을 전달하며 공연장 입장을 돕는 게 그녀의 첫 번째 임무였다. 들뜬 관객들이 출입문으로 몰려들기 시작했다. 보미는 양쪽 입꼬리를 한껏 끌어올리며 의례적인 인사말을 건넸다.

"안녕하세요, 티켓 확인하겠습니다. 네, 감사합니다. 어서 오세요."

마음대로 할 수 있다면, 보미는 입장하는 관객들을 두 팔로 막아내고 싶었다. 대공연장 출입문을 안에서 걸어 잠근 다음, VIP석에 홀로 앉아 연주를 감상하고 싶었다. 가능하다면 물품 보관소로 달려가 또래 여자의 소묘까지 숨겨두고 싶었다.

보미는 매일 선우휘의 연주를 들어왔다. 유튜브 실황을

반복 재생했고, 발매된 음원을 귀에서 떼어놓지 않았다. 그의 손끝에서 흘러나오는 음을 영혼에 새기며 하루를 버텼다. 누구보다 이 무대를 갈망해 온 팬이라고 호소하고 싶었다. 그러나 그녀의 입에서는 내장된 안내 멘트만 정확하게 출력됐다.

"네, 반갑습니다. 천천히 입장해 주세요. 음료 반입과 사진 촬영은 불가합니다. 좌석 번호 확인해 주시고요. 네, 일반석은 오른쪽입니다."

티켓을 받아 꼼꼼하게 확인하는 보미의 손끝은 미세하게 떨렸다. 억지로 끌어올린 미소도 뺨 근육을 점점 뻐근하게 만들었다. 평정심을 잃어가는 심장이 제멋대로 뛸까 봐 두려웠다. 보미는 자신에게 주어진 임무를 반복적으로 상기했다. 문화 예술 회관 하우스 가이더[6]의 자세를 유지하기 위해 입술 꼬리를 더 높이 끌어올렸다.

두 달 전, 공연 기획팀 사무실에 들렀다가 선우휘의 공연 소식을 듣게 됐다. 소식은 우연을 가장한 운명처럼 다가왔다. 그날도 실무관은 피곤한 얼굴로 막내 알바생인 보미를 붙잡고 하소연하기에 바빴다.

6　House Guider. 공연이나 전시회가 진행되는 동안 관람객들이 편안하고 안전하게 문화 활동을 즐길 수 있도록 돕는 사람. 입장 안내, 시설 안내, 안전 관리, 질서 유지, 문의 응대 등의 업무를 수행한다.

"요즘 선우희 공연 때문에 죽겠어. 위에서 계속 압박이야. 공연 무산되면 문화 예술 회관 전체 망신이라고 관장님까지 난리야."

깜짝 놀란 보미는 큰 눈을 동그랗게 떴다. 쿵쿵 뛰기 시작한 심장 소리가 너무 커서 실무관 귀에까지 들릴 것 같았다. 다음 분기 계약을 포기하려고 올라갔다가 놀라서 가만히 서 있었다. 꿈을 꾸는 것 같았다.

"공연 따오려고 시장님까지 나서서 에이전시에 전화했다는 거야. 솔직히 오버 아냐? 선우희가 일회성으로 온다 한들 J 시 문화 예술에 뭐 얼마나 도움이 되겠어?"

실무관은 주변을 의식해 목소리를 낮췄지만, 업무 피로가 말끝마다 묻어났다. 하지만 보미에게 그 하소연은, 기적을 예고하는 속삭임처럼 들렸다. 실무관의 푸념이 아니었다면, 직관의 기회를 영영 놓쳤을지도 모른다. 패스트푸드점에서 함께 일하는 친구가 문화 예술 회관 하우스 가이더 자리를 소개해 준 일이 그제야 천운처럼 느껴졌다. 보수가 좀 더 후한 편의점 아르바이트 자리가 들어와 있었지만, 보미는 기꺼이 포기했다. 입장 안내와 객석 정리, 질서 유지와 문의 응대까지 번다한 일에 비해 하우스 가이더의 시급은 초라해도 기꺼이 감내하고 싶었다.

"보미 씨, 공시 준비는 잘 돼가? 그런데 참, 오늘 무슨 일로 왔다고?"

한참 푸념을 쏟아낸 실무관은 뒤늦게야 방문 이유를 물었다. 보미는 아르바이트 분기 계약을 연장하러 왔다고 에둘렀다. 다음 분기에도 성실하게 일하겠다는 각오까지 덧붙였다.

잠을 설치기 시작한 건 정확히 그날 밤부터였다. 달뜬 심장을 안고 돌아누울 때마다 얼굴에 미소가 번졌다. 새벽녘, 수면과 각성의 모호한 경계에서 눈을 뜰 때면 머릿속에 단 하나의 문장만 떠올랐다.

'그가 이 도시에 온다.'

보미가 선우휘의 음악 세계에 빠져든 건 그가 클래식계에 입문할 때부터였다. 라흐마니노프 피아노 협주곡 3번으로 반 클라이번 국제 콩쿠르에서 우승하며 혜성처럼 등장한 순간, 이미 팬이 되었다. 이후로 최근 삼 년간의 연주 프로그램을 모두 외울 만큼 그의 음악에 심취해 있었다. 세계적인 무대에서 국제경력을 쌓아가는 와중에도 선우휘는 꾸준히 라흐마니노프를 연주했다. 그 음울하고도 격정적인 선율 속에서 그는 북국의 우수를 가장 섬세하게 그려내는 연주자로 주목받았다. 세계는 그가 설국의 심장을 가진 독보적인 연주자라고 극찬했다.

보미는 그의 연주 음원을 들으며 일상의 허기를 달랬다.

저녁이면 패스트푸드점 유니폼을 벗고 문화 예술 회관 하우스 가이더 단복으로 갈아입었고, 두 일터를 오가는 길은 늘 삭막했다. 하지만 이어폰으로 그의 음악을 흡입하다 보면 잿빛 거리는 어느새 찬란한 색감을 입었다. 선우휘의 공연은 서울이나 지역 거점도시에서만 열려 직관은 꿈같은 이야기였다. 등록금과 생활비를 직접 감당해야 하는 처지에 티켓 가격은 물론 교통비조차 부담으로 다가왔다.

"티켓 확인할게요. 두 분이시죠? 네, 천천히 입장해 주세요. 핸드폰은 미리 꺼주시고요."

보미는 익숙한 손놀림으로 티켓을 받아서 다시 돌려주었다. 그녀의 짧은 손가락은 쉼 없이 움직였다. 연장계약서를 쓸 때, 공연 기획팀 실무관은 보미의 손가락을 주목하며 안타까워했다.

"보미 씨는 손가락이 짧아서 아쉽다니까. 하우스 가이더는 손놀림이 우아해야 해."

그 말은 농담 같았지만, 진심이었다. 실무관은 인공지능 하우스 가이더 도입 문제까지 꺼내 놓으며, 마치 미래를 예단하듯 말했다.

"문화 예술 회관에도 곧 인공지능 하우스 가이더가 들어올 거래. 바코드만 스캔하면 좌석 안내는 물론, 불법 촬영까지 바로 제지한다는 거야. 휴머노이드 로봇 소피아처럼 우아한 로봇이 티켓을 건네는 날이 올 텐데, 인간 하우스 가이더도 경쟁력이 있어야지. 외형도 중요하단 말이야."

보미는 실무관의 손가락 지적에 조용히 고개를 끄덕였다. 짧은 손가락은 들여다볼 때마다 눈에 걸렸다. 바꿀 수 없는 형질인 걸 알면서도 마음 한구석이 저렸다. 짧은 손가락으로는 피아노 건반의 한 옥타브를 짚어내기도 벅찼다. 네 살에 처음 피아노 앞에 앉은 후 열여섯 살에 그만둘 때까지 손가락 길이를 애석해하던 레슨 선생님의 얼굴이 떠올랐다. 손가락 길이가 기준이라면 피아니스트로서 자격 미달은 물론, 하우스 가이더로서도 무능하다는 자괴감이 올라왔다.

하지만 그날 보미는, 실무관의 타박을 귓등으로 흘리며 연장계약서에 기꺼이 서명했다. 선우휘의 연주 직관 기대로 손가락 타박쯤 가볍게 넘겼다. 무대 위로 걸어 나오는 선우휘의 팽팽한 긴장감, 영혼을 쏟아붓는 연주, 관객의 찬사와 커튼콜의 환희. 그것만으로 충분했다.

*

선우휘의 손가락은 라흐마니노프 피아노 협주곡 1번 1악장을 질주하고 있었다. 건반 위에서 솟구치는 폭발적인 에너지는 생명체처럼 살아 움직였다. 피아노 앞에 앉은 그의 몸은 요동쳤고, 가느다란 손가락들은 건반 위를 격렬하게 활주했다. 덴마크 왕립 오케스트라의 중후한 음향을 배경 삼아 무대 조명은 오롯이 선우휘를 비췄다. 그의 유려하면서 과감한 터치에 관객들은 압도됐고, 객석은 숨이 멎은 듯 정적에 잠겼다. 라흐마니노프의 음악에 덧입혀진 선우휘만의 색채가 공간을 사로잡았다.

보미는 객석 뒤 어둠 속에 조용히 서 있었다. 감동의 여운을 차마 흘려보내지 못해 가슴으로 끌어안는 중이었다. 라이브 연주의 생생한 전율이 온몸을 휘감았다. 오케스트라에서 피아노로 전환되는 순간부터는 숨결마저 조심스러웠다. 선우휘의 손끝에서 피아노만의 새로운 이야기가 펼쳐지기 시작했다.

보미는 선우휘의 손가락을 바라보며 작곡가 세르게이 라흐마니노프의 얼굴을 떠올렸다. 커다란 키와 우수에 젖은 눈빛, 손가락까지 어마어마하게 길었던 거장의 초상이 어른거렸다. 건반의 한 옥타브 반을 넘나들며 거대한 화성을 구현한 그가 보미에겐 우상이었다. 압도적인 밀도로 피아노를 지배하는 그의 음악을 오랫동안 동경해 왔다. 라흐마니노프의 피아노 협주곡은 연주자에게 혼신을 요구하는 모험과도 같았다. 그래서일까. 선우휘의 아담한 체구와 가느다란 손가락에 자꾸 시선이 갔다.

그 순간, 보미의 시야에 VIP석 넷째 줄의 움직임이 포착

됐다. 핸드폰을 든 관객이 보였다. 그녀는 얼른 감동에서 빠져나와 관객의 행동을 기민하게 살폈다. 연주의 팽팽한 긴장감을 끊는 행동은 허락할 수 없었다. 선우휘의 몰입력을 지켜내야 했다. 보미는 문득, 공연기획팀 실무관이 말했던 인공지능 하우스 가이더를 생각했다. 고도화된 인공지능의 눈은 연주를 방해하는 어떤 것이든 단번에 포착할 터였다. 관객의 정보를 실시간으로 분석해 즉석에서 벌금을 부과할 수도 있을 것이다. 언젠가는 핸드폰 사진 촬영 기능까지 통제할 날도 올 터였다. 보미는 상념을 떨쳐내며 빠르게 달려가 관객을 제지했다.

"공연 중에 촬영하시면 안 됩니다."

관객은 어깨를 움찔하며 핸드폰을 내려놓았다. 보미는 관객의 마음을 충분히 이해했다. 사진 안에 시간을 붙잡아두고 짙은 감동을 오래오래 누리고 싶을 터였다.

보미는 피아니스트를 꿈꿨던 어린 시절을 회상했다. 아빠의 사업이 무너지지 않았더라면 무대 위의 연주자가 됐을까, 라는 가정은 여전히 뇌리를 맴돌고 있었다. 재기하기 불가능하다는 아빠의 말에 예술고 진학을 포기했다. 이후로 가족 앞에서 피아노 얘긴 다시 꺼내지 않았다. 다섯 식구가 반지하 단칸방으로 옮겨가던 날, 그랜드피아노엔 빨간 딱지가 붙었다. 예술고와 한예종을 거쳐 독일 유학을 다녀오고, 연주자의 길을 가려던 꿈은 침묵 속에 갇혔다. 좁고 눅눅한 반지하에서 가족들은 동굴에 서식하는 짐승들처럼 웅크려 지내야 했다.

보미에겐 오직 이어폰만이 도피처였다. 노동에 지쳐 잠든 부모님 옆에 누워, 헤드셋을 끼고 피아노 연주를 들었다. 상상 속 무대는 언제나 아름다웠고, 연주자의 긴 손가락이 눈앞에서 춤을 추었다. 연주가 절정에 이를 때쯤이면 잠에 빠져드는 그녀의 짧은 손가락도 꿈틀거렸다. 해리된 영혼은 어느새 은막 위 피아노 앞에 앉아 있곤 했다. 그러나 꿈은 언제나, 양손이 묶인 채 꼼짝할 수 없는 악몽으로 끝이 났다. 눈을 뜬 아침이면 꿈보다 참혹한 현실이 기다리고 있었다.

보미는 4년 전액 장학금을 받고 J시의 한 국립대 행정학과에 진학했다. 강의실 창가에 앉아 아르바이트로 거칠어진 손가락을 들여다보곤 했다. 햇살이 짧은 손가락을 비출 때면 환청처럼 라흐마니노프의 선율이 들려왔다. 그때마다 혼자 중얼거렸다.

"그래, 잘된 거야. 어차피 훌륭한 피아니스트는 될 수 없었어. 이 짧은 손가락으로 라흐마니노프는 무리야."

가끔은 피아니스트 '알리스 사라 오트'의 난치병에 가난을 대입해 보며 죄책감을 느끼기도 했다. 손가락 신경 마비를 견딘 거장에 비하면 가난 따위에 굴복한 자신이 비겁한 겁쟁이 같았다. 가난은 핑계일 뿐이라며 밤마다 자책했지만, 아침에 눈을 뜨면 가난은 엄청난 악력으로 숨통을 조여 왔다. 대학을 졸업하기 전까지 무슨 일이 있어도 공시에 합격해야 했다. 그것만이 살아남을 수 있는 길이었다.

어느새 선우휘의 연주는 2악장으로 넘어가 있었다. 라흐마니노프의 안단테는 부드럽고 감미로운 호흡으로 관객들을 인도했다. 보미는 어둠 속에서 마치 밤하늘의 별을 바라보듯 무대 위 선우휘를 바라보았다. 그의 영혼을 통과해 다가온 라흐마니노프의 선율이 그녀의 가슴으로 스며들었다. 선우휘의 해석은 유독 따뜻했다. 북국의 짙은 우수마저도 특유의 온기로 감쌌다. 관객들도 우수 어린 평화 속으로 잠겨 들었다. 서늘하면서도 다정한 그 울림 속에서 보미는 미소를 머금었다. 역시 선우휘였다.

그는 예술고를 조기 졸업하고 한예종에 수석 입학한 영재이자 독일 유학 생활 중 세계적인 콩쿠르에서 여러 차례 입상한 클래식 신예였다. 무대 위의 그는 늘 현실 너머의 세계에 속한 사람처럼 보였다. 보미는 언젠가 서고 싶었던 무대를 동경의 세계인 양 올려다보았다. 그녀의 눈시울이 조금씩 붉어졌다.

2악장 안단테 칸타빌레는 관객들을 산책하듯 이끌었다.

물결처럼 일렁이는 현악기의 선율 사이로 피아노의 변주가 청명하게 돋았다. 보미의 눈앞에 2악장의 악보가 실시간으로 펼쳐졌다. 피아노에서 손을 놓은 지 오랜 시간이 지났어도, 선율을 들으면 저절로 악보가 그려졌다. 타고난 청음 능력은 영혼에 새겨진 타투 같았다.

그런데, 갑자기 한 지점에서 선우휘의 손가락 타력이 흔들렸다. 오케스트라와 피아노가 폭발하듯 강렬하게 융합하는 지점이었다. 딱 네 박자의 흔들림이 보미의 귀에는 선명하게 각인됐다. 선우휘 특유의 균형 있는 타력은 지금껏 그의 연주를 떠받쳐온 축이었다. 그렇기에 짧은 실수도 충격으로 다가왔다.

보미는 빠르게 객석의 반응을 살폈다. 다행히 순간의 실수는 오케스트라의 장중한 음향에 묻혔고 관객들은 여전히 협연을 즐기고 있었다. 선우휘를 향한 절대적인 신뢰는 흔들린 타력마저 독창적인 해석으로 여긴 듯했다. 보미는 등의 긴장 상태로 관객의 마음을 읽어내곤 했다. 연주가 기대에 미치지 못할 때 관객들은 슬며시 좌석에 등을 기대곤 했다. 보미는 조용히 안도의 숨을 내쉬었다.

그런데 2악장이 끝나기 직전, 또다시 한 음에서 미스 터치가 생겼다. 이탈음은 짧고 날카로웠다. 이어지는 선우휘의 실수에 보미는 아찔했다. 실수를 눈치챈 덴마크 왕립 오케스트라 악장이 입가에 조소를 머금었다. 라흐마니노프를 구현하기엔 역부족이라는 듯 그는 비웃었지만, 보미는 이상하게 마음이 놓였다.

아, 선우휘도 결국 인간이었어! 입술을 비집고 터져 나오는 탄성을 얼른 짧은 손가락으로 막았다. 실수가 피와 살을 가진 인간 선우휘를 증명해 주는 듯해 오히려 마음 따뜻해졌다. 추앙받는 은막 위의 스타가 실수로 식은땀을 흘리는 모습은 상상해 보지 못했다. 초라한 인간의 연미복을 입은 선우휘가 오늘따라 왜소해 보였다. 멀고 먼 세계에 머물던 그가 처음으로 가깝게 다가왔다. 정제된 감동이 아닌, 흔들림에서 오는 위로가 영혼으로 스며들었다.

보미의 눈은 다시 예민한 더듬이가 되어 무대와 객석 사이를 빠르게 오갔다. 양손의 짧은 손가락들은 단단히 깍지 끼워진 채, 무언의 기도를 드리듯 꼭 맞물려 있었다.

*

"브라보!"

관객들의 뜨거운 기립박수가 무대를 향해 쏟아졌다. 본 연주를 마친 무대는 환호로 일렁였다. 덴마크 왕립 오케스트라 단원들까지 모두 일어나 협연자 선우휘를 향해 박수를 보냈다. 커튼콜을 받으며 무대로 걸어 나오는 선우휘의 얼굴은 환했다. 여러 번의 인사 끝에 그가 다시 피아노 앞에 앉자, 객석은 순식간에 정적 속으로 빨려들었다. 앙코르 연주가 시작되자 어둠 속에 서 있던 보미의 눈에도 생기가 되살아났다.

선우휘가 선택한 곡은 슈베르트의 〈리타나이〉. 피아노는 이별의 아픔을 담담히 노래했다. 안개처럼 번져 나온 음들이 관객들의 감수성을 어루만졌다. 본 연주에서 숨조차 내뱉지 못했던 관객들은 비로소 여유 속에서 미소를 머금었다. 선우휘가 객석을 향해 슈베르트 특유의 따스한 감성을 흘려보내자, 관객들도 하나둘 서정적 감성 속으로 걸어 들어갔다.

보미는 다시 선망의 눈빛으로 연주자를 올려다보았다. 선우휘의 손끝에서 흘러나온 선율은 언어가 닿기 어려운 깊은 감정의 층을 건드렸다. 그는 음악으로 영혼을 위로하는 치유자 같았다. 〈리타나이〉는 점점 깊어졌다. 칠 년 전 예중 졸업 연주회에서 눈물을 삼킨, 보미가 마지막 무대에 올린 곡이었다. 오래도록 꺼내놓지 못한 그리움이 보미의 마음에도 조용히 되살아났다. 독일어 원음과 가사의 뜻이 가슴으로 전해져 왔다.

평화로이 쉬어라, 모든 영혼이여.

두려운 고통 다 겪고
달콤한 꿈마저 사라진 영혼들이여.
삶에 지쳐 이 세상에 다다르지 못한 채 떠나간 영혼들이여
모든 영혼은 이제 평안히 쉬어라.
소녀들의 눈물은 셀 수 없도다.
그들의 영혼을 눈먼 세상이 뿌리쳤도다.
이 세상과 이별한 사람들은 부디
평화 속에 쉬어라.

연주는 마치 세상이 품지 못한 이들에게 바치는 기도 같았다. 정규 프로그램을 마친 선우휘의 홀가분함이 손가락에 실려 객석 한가운데로 번졌다. 가느다란 그의 손가락은 건반을 애무하듯 어루만졌고, 애무에 반응하듯 건반은 온몸을 뒤채며 우아한 음을 토해냈다. 한 음 한 음이 깊은 아픔을 위무했다. 보미는 소리의 파장을 가슴으로 받아내며 시간을 붙잡아두고 싶은 열망에 휩싸였다.

덴마크 왕립 오케스트라가 귀국을 하루 앞두고 J시에 들르게 된 건 크리스마스 선물 같았다. 호텔 측과의 의사소통 오류로 항공편이 하루 연기되면서 예정에 없던 이 소도시에 머물게 된 덕분이었다. 보미는 선물 같은 우연 속에서 선우휘의 무대를 마주할 수 있었다. 하우스 가이더 아르바

이트가 아니었다면 만나지 못했을 운명이었다.

이제 앙코르곡이 끝나면 선우휘는 곧 무대를 떠날 것이다. 은빛 조명은 꺼지고 빛나는 음을 토해내던 건반도 조용히 닫힐 것이다. 떠나기 직전, 그는 연주자 대기실에서 초록 케이프 코트를 입은 또래 여자를 만날 터였다. 그녀가 건네는 클라란스 장미 꽃다발과 소묘 작품을 환한 미소로 받을 것이다.

보미는 상상 속 광경을 떨쳐 내려 고개를 가로저었다. 불필요한 감상은 마음을 흐리게 할 뿐이었다. 이제 곧 그녀에게 주어질 임무는 무대를 정리하는 일이었다. 어쩌면 선우휘는 이 소도시를 다시 찾지 않을지도 모른다. 오늘 하루는 그의 빽빽한 연주 일정 중 스쳐 지나는 쉼표에 불과할 터였다. 지금 보미의 뇌리에는 오직 한 문장만 떠올랐다.

'그가 곧 이 도시를 떠난다.'

기다리는 일보다 보내는 일이 몇 배나 힘들 거란 건 자명했다. 새벽녘 혼곤한 잠에서 깨어나도 그 어떤 미소도 피어나지 않을 것이다. 보미는 어느새 가까워진 이별이 버거웠다. 두 달 전 아르바이트 연장 계약서를 쓰던 날, 공연 기획팀 실무관은 말했었다.

"앞으로는 연주도 인공지능이 대체하게 될 거야. 그렇게 되면 연주자 섭외나 계약 과정도 간편해지고, 완벽한 연주까지 덤으로 따라오겠지?"

실무관은 인공지능 하우스 가이더뿐 아니라 인공지능 연주자까지 고대하는 눈치였다. 아르바이트생 관리 업무 경감 정도로는 만족하지 못하는 것 같았다. 그때 맞은편에 앉아 있던 팀장이 불쑥 끼어들며 실무관의 말을 잘랐다.

"일자리 사라지는 건 생각 안 해? 우리 자리인들 언제까지 견고할 것 같아?"

실무관은 놀라서 어깨를 움츠렸지만, 그 염원이 허황한 말만은 아닌 듯했다. 인공지능의 완벽한 연주는 이미 그 가능성을 증명하고 있었다. 선우휘는 사라지고 어마어마하게 긴 손가락을 가진 인공지능으로 대체된 무대가 눈앞에 그려졌다. 기계 연주자는 한 옥타브 반을 가볍게 짚어내며 라흐마니노프를 무결하게 구현해 낼 것이다.

보미는 선우휘의 실수를 다시 떠올렸다. 그녀의 입술에 잔잔한 미소가 번졌다. 완벽하게 보이던 그가 연약한 사람임을 확인한 시간이어서 좋았다. 그의 미스터치가 객석에 앉은 연인 때문에 생긴 심장의 과부하였다고 해도 괜찮았다. 클라란스 장미 다발을 안고 찾아온 또래 여자는 남자의 심장을 뛰게 할 만큼 아름다웠으니까. 혹은 그의 실수가 민첩하지 못한 신경이나 지친 손 근육 때문이어도 상관없었다. 그 역시 휴식과 위로가 필요한 사람이라는 방증일 테니까.

보미는 어둠 속에서 자문했다. 〈리타나이〉 가사처럼 선우휘의 연주가 끝난 뒤에도 평화 속에 쉴 수 있을지를. 문화예술 회관 공연 기획실의 계획대로라면 다음 분기부터는 하우스 가이더 자리에 고성능 인공지능 티켓 머신이 배치될 것이다. 그날 연장계약서를 쓰는 자리에서 실무관은 경계하듯 귀띔해 주었다.

"보미 씨 계약 연장은 이번이 마지막이야. 변수가 생기지 않는 한, 다음 분기엔 인공지능이 대신하게 될 테니까. 다른 아르바이트 자리 알아보라고 미리 말해 주는 거야. 보미 씨 사정 잘 아니까."

보미는 계약 분기 중 지난 두 달은 선우휘를 기다리면서 행복했다. 이제 남은 마지막 한 달은 새 아르바이트 자리를 찾아야 할 시간이었다.

선우휘의 〈리타나이〉가 끝나가고 있었다. 보미는 처음으로 관객들에게서 눈을 떼고 객석 너머의 깊은 어둠을 응시했다. 그리고는, 깍지 꼈던 열 손가락을 눈앞에 활짝 펼쳐보았다. 짧았다. 너무 짧았다. 라흐마니노프 피아노 협주곡을 연주하기엔 너무 짧은 손가락이었다.

해설

회색지대 너머의
가장 인간다운 컬러

정재훈(문학평론가)

 심은신의 『따뜻한 회색』은 4편의 단편과 1편의 중편소설로 구성되어 있다. 인공지능은 현재 예술을 비롯해 인간을 둘러싼 모든 분야에 영향을 주고 있다. 이번 소설집에 실린 작품들에는 이에 대한 심도 있는 질문들이 담겨 있다. 표제작 단편 「따뜻한 회색」은 인공지능과 직무 환경 및 대인 관계, 「유리 정원」과 「그녀의 패션」, 「라흐마니노프의 손가락」은 인간의 예술(음악) 창작과 인공지능의 문제, 그리고 중편인 「스토리」는 인공지능만이 아니라 냉동 기술, 홀로그램 등이 난무하는, 지금으로부터 150년 뒤인 미래 사회를 스케일 있게 그려냈다. 이렇게만 본다면 기술과 인간의 대립에 따른 갈등을 떠올리기가 쉬울 테지만, 심은신의 작품들을 읽다보면 발전

된 기술을 둘러싼 인물들 간의 관계, 그들이 처한 모순된 삶의 현장들이 곳곳에 배치되어 있다는 것을 알 수 있다.

소설은 인간이 살면서 맞닥뜨리게 될 여러 문제들에 대한 문학적 해결 방식이며, 이에 따른 안도와 만족, 희망을 품기 위한 인간다운 노력의 일환이다. 단편이든 장편이든 간에 하나의 소설 내에서 작중 인물(들)은 크고 작은 문제를 마주하고, 이를 해결하기 위해 움직인다. 인간의 방식이기에 소설의 결말에 이르렀다고 하여 이야기가 완전히 끝나는 것이 아닌 경우도 부시기수다. 복잡한 감정들과 아직 채 해석되지 않은 수수께끼와도 같은 장면과 인물, 대화를 곱씹으면서 이야기가 다시 독자의 뇌리 속으로 뿌리를 내리기도 한다. 소설의 이야기가 또 다른 이야기로 변형될 수 있겠으나, 중요한 점은 독자가 소설의 이야기를 통해 다시금 자신 주변의 삶에 대한 이른바 안도와 만족, 희망을 품기 위한 노력을 할 수 있는 계기가 마련된다는 것이다.

심은신은 이러한 소설의 생리를 누구보다도 잘 알고 있다. 지금까지 작가에게 인간이란 존재적 질문의 시작이었고, 기독교적 색채가 덧씌워지면서 다양하게 뿌리를 뻗어가고 있었다. 종교적 죄의식, 아름다움을 향한 욕망, 예술적 표현과 기존 관습의 첨예한 갈등, 또는 평범하게 보이지만 삶이라는 것이 과연 무엇인지를 묻게 되는 이야기들을 펼쳐온 심은신에게 소설이란 곧 '삶의 문제 해결 방식에 대한 고뇌'인 것이다. 그렇기에 2016년 단편「달맞이꽃」으로 등단한 이후에 장편『바람기억』(2017), 단편집『마태수난곡』(2018), 장편『버블 비너스』(2019), 단편집『고흐의 변증법』(2021), 그리고 청소년 소설로 발간한『꿀빵 레시피』(2023)까지 다작할 수 있었던 것이다.

종교만이 아니라 예술, 그리고 이웃들의 일상까지도 훑고 나가며 그 안에 펼쳐지는 저마다의 '관계'에 천착한 작가에게 당면한 문제는 바로 인공지능이다. 이는 현재 인류가 직면한 문제이며, 기술적 측면뿐 아니라 예술, 문화, 사회 등 모든 분야에서 화두가 되고 있기 때문이다. 일상에서 편의를 제공하기도 하지만, 마냥 반가워할 일만은 아니다. 인공지능으로 그린 회화가 경매에서 수억 원에 팔리고, 할리우드 시나리오 작가들이 인공지능에 맞서 대규모 파업을 벌인 사례만 봐도 그러하다. 지금까지 인류사에서 등장한 기술들은 인간의 환경을 개선했을 뿐만 아니라, 관계까지도 재정립하였다. 인공지능은 우리에게 주어진 본질적인 문제가 무엇이며 이를 해결하기 위해 우리가 어떠한 (인간적인) 노력을 해야 하는지를 묻고 있다.

「따뜻한 회색」은 주인공인 '이미라'의 직장 부하인 '고우림'의 자살미수 사건이 일어난 직후부터 시작된다. 낯설고 불안감이 고조될 수밖에 없는 경찰서 조사실에서 그녀는 "내 진술이 누군가의 삶에 영향을 준다는 사실"을 맞닥뜨린다. 먼저 조사를 받은 '강인영 과장'과 '김정아 대리'는 뭐라고 진술했을까. 고우림이 유서로 남겼다는 "쪽지"에 적혀있던 "웜 그레이"는 자살의 원인 제공자를 가리키는 이름이었다. 이미라가 처한 문제는 곧 자신이 고우림과 어떤 관계였는지를 떠올리게 만든다. 그리고 자신과 함께 조사를 받은 다른 인물들과 고우림의 관계도 어떠했는지 함께 떠올리면서 고우림이 처했던 '직무 환경'을 우회석으로 보여준다.

은행이라는 영업장은 철저히 숫자가 지배하는 곳이다. 돈을 빌려주고 그 이자로 이윤을 취하는 일이라는 것이 기독교적 관점에서는 어떠한 것인지는 굳이 언급하지 않아도 될 것이다. 여성 직원들이 속한 "영업부"에서 고우림은 막내일 뿐만 아니라, 가장 힘없고 처리되기도 쉬운 존재다. 기술이 발전함에 따라 인간의 직무 환경은 효율성의 이름으로 재설계되어 왔다. 대표적인 사례가 바로 분업화일 것이다. 대외적으로 업무를 처리하는 영업부에 속하며 그야말로 생존하기 위해서는 여러모로 직무 감각이 탁월해야 했을 테고, 부서 내 인간관계는 오직 업무를 처리하기 위한 형식적인 것에 불과하다. 고우림은 이러한 환경에 최적화되지 않은 존재였다.

고우림은 자신에게 주어진 이 혹독한 문제를 자살로써 해결하려고 했다. 유서를 통해 '웜 그레이'라는 특정인을 암시하였으나, 자신이 속했던 은행이라는 조직의 추악한 민낯도 폭로하고 싶었을 것이다. 그런데 누군가를 색으로 지목하고자 했다면, 고우림은 스스로를 어떤 색이라고 정의 내렸을까. "사람이란 어떤 입장에서 보느냐에 따라 다양한 컬러가 될 수 있지 않을까요."라며 이미라가 경찰서에서 조사를 받으면서 형사에게 했던 말은 결국 '사람'이라는 존재가 어떤 환경에 놓이느냐에 따라 여러 가지 색을 지닐 수 있다는 점을 암시한다고 하겠다. 그렇다면 고우림은 그동안 어떤 색을 품었던 것일까. 은행이라는 조직 내에서 오로지 업무 처리의 효율성만을 강요당해야 했고, 자신들의 안위만을 걱정하는 상황에서 집단 내 다양성은 당연히 실종될 수밖에 없다.

「따뜻한 회색」은 서술자인 이미라의 윤리적 질문을 통해 누가 고우림 자살 미수의 결정적 원인 제공자인지를 추적하는 것만이 아니라, 작중에서 고우림을 둘러싼 인간들의 지극히 이기적인 작태에 대해 서서히 가해지는 어떤 윤리적인 심판(그것이 당장 눈에 보이지 않기에 '회색'이라고도 말할 수 있는 필연적 말로)을 상상하게 된다. 철저히 이해타산적이고, 자신들의 생존을 위해서는 누구 하나 가볍게 버릴 수도 있다는 인간들의 집단적 말로(末路)는 과연 어디일까. 이들의 죄악은 고우림이라는 동료를 벼랑 끝으로 내몰았다는 점이다. 하지만 변해가는 업무 환경에서 누가 더 효율적인가에 따라 생존 여부가 좌우된다는 논리가 면죄부처럼 작동된다.

작중에서 언급되었듯이 은행은 모든 업무에 인공지능 도입을 추진하는 중이었다. "우리 영업부가 차라리 인공지능으로만 꽉 채워진 곳이라면 어떨까요? 그렇다면, 아무도 소외되는 일은 없겠죠."라는 고우림의 차가운 말에는 그 종말의 기운이 서려 있다. 만약 인공지능이 업무를 독점한다면, 은행 입장에서 직원들은 더 이상 활용 가치가 없는 잉여 자원이 될 것이 자명하다. 누군가의 소외라는 말 자체가 성립될 수도 없는 '관계의 완벽한 소거'가 가능해진다. 이미라의 죄의식, 즉 주변으로부터 고립되어 왔던 고우림에 대해 자신이 취한 중립적 태도를 의미한 '그레이'는 결코 따뜻하다고 볼 수는 없을 테지만, 나아가 「따뜻한 회색」이 감춰 놓은 진짜 파국의 컬러는 모든 인간들의 관계가 소거된 직후에 세워지는 인공지능의 냉혹함을 표현하고 있을지도 모른다.

「유리 정원」은 주인공인 "남자"(이강우)의 첫사랑인 "스무 살 김새봄"이 꿈속에서 나타나는 장면으로 시작한다. 그녀의 등장에 반가워하며 그는 소리를 외쳤으나, 흩날리는 꽃잎 뒤에 유리 파편이 입술을 찢었다. 꿈에서 깬 남자는 이것이 "아마도 그의 유튜브 활동에 원동력이 되어 주는 작곡가, 새봄을 향한 집착 때문일 거라 짐작"한다. 서양 중세사를 전공하고 있는 남자는 유튜브 채널을 만들어서 역사 콘텐츠를 제작하고 있는 중이다. 남자가 르네상스 시기에 관한 영상 콘텐츠의 배경 음악을 찾던 중에 새봄을 알게 되었고, 대학 선배와 결혼하여 캐나다로 떠난 뒤 소식이 끊긴 자신의 첫사랑 '김새봄'을 떠올렸다.

남자가 전공하는 역사학을 가리켜 누군가는 '돈벌이'가 안 되는 것이라 말하지만, 그의 입장에서 본다면 이 역사학이야말로 '인간이라는 존재가 누구인지'를 밝히는 학문이다. 그런 그에게 자신의 역사 강의의 팬이라며 연락을 해온 새봄의 등장은 운명적인 사건으로 다가온다. 남자는 지금까지 살아오면서 거듭되는 경험을 통해 "운명에 대항하는 두 가지 공식을 체득"했다. 그 두 가지는 바로 운명에 대해 "책임을 지거나, 아니면 회피"하는 것이었다. 어려운 가정 형편에도 학문을 이어가던 남자가 느낀 "운명의 버거움"은 이제 막 자신에게 손을 내밀어준 새봄에 의해 "운명의 책임자"로 탈바꿈하게 된다. 변수에 휘둘리지 않고, 이제는 조금씩 벗어나서 확신에 차기 시작한다.

새봄과 남자가 주고받은 메일에서 주목해 볼 부분은 바로 "가장 이해하기 어려운 건 사람의 영혼"이라는 대목이다. 남자에게 "새봄의 존재는 그가 지난 삼십 년간 품어 온 의심을 확신으로 바꿔 놓기에 충분"했다. 콘텐츠의 제작 의도에 맞

취 마음에 드는 배경 음악을 제공하는 새봄에게서 남자는 첫사랑인 '김새봄'을 거듭 감지한다. 남자의 영혼은 현재의 새봄과 과거의 김새봄에 의해 행복으로 충만해간다. 정말로 새봄이 그때의 첫사랑과 동일 인물인지 여부는 중요한 것이 아니다. 남자에게 새봄이라는 존재가 주는 위안이 그를 자극시키고, 조금씩 잠식해 나간다는 점을 눈여겨봐야 한다. 학자로서 이성적이어야 하지만 다른 한편으로는 새봄과의 감정 교류가 우선시되었기에 남자가 처한 상황은 결국 모순적일 수밖에 없는 것이다.

마침내 새봄으로부터 "명륜동 카페 〈유리 정원〉"에서 만나자는 약속을 받았지만, 막상 그는 "예상보다 순탄한 운명"에 잠시 어리둥절해한다. 그럼에도 "의지 밖에서 일어나는 변수들의 화학 작용"이 운명이기에 남자는 새봄을 기다리는 순간이 앞으로 더 큰 행복으로 이어지는 문(門)이라고 생각했을 것이다. 하지만 약속 장소에서 어느 중년 남성이 남자 앞에 모습을 드러내고, 그의 입에서 "새봄은 인공지능입니다."라는 충격적인 말을 듣게 된다. "예술가로서의 인공지능이 지성적 인간에게 얼마나 자연스럽게 다가갈 수 있는지 평가"하기 위해 동원될 수 있는 사람이 필요했고, 이 새봄의 개발자인 중년 남성에게 남자는 훌륭한 피험자나 다름이 없었다. 그럼에도 개발자는 남자에게 "이강우 씨는 피험자가 아닙니다. 인공지능의 완벽한 계획 속에 선택된 수혜자죠."라고 거만하게 말한다.

　기술의 개발 의도가 반드시 긍정적인 것으로만 이어지지는 않는다. 부작용도 발생할 수 있고, 예측하지 못한 결과를 낳기도 한다. 남자에게 인공지능(새봄)은 감정 폭력이다. 남자가 새봄의 음악 작업에 공감한 이유는 첫사랑 김새봄이라는 "인간과의 추억"에 의한 것이지 "인공지능의 능력" 때문이 아니다. 개발자가 밝힌 진실(새봄은 활동 목적은 봉사가 아니라 이윤 추구라는 것)은 기술의 민낯이다. 그의 말처럼 "새로운 세계에 적응해야"만 하는 것이 인간의 몫이라면, 세계의 주인은 이미 인간이 아니다. 본래 인간의 의지라 함은 당장 눈앞에 놓일 미래를, 어떠한 운명의 변수도 완벽하게 예측할 수 없기에 매력적이었던 것이었다. 하지만 이렇게 모든 것들이 예측 가능한 세계가 도래한다면, 인간에게 "완벽한 의지"라는 것은 그저 인공지능이 만들어 놓은 환상에 불과하게 될 것이다.

　「스토리」는 소설집에서 분량이 가장 많은 작품이다. 서른다섯 살에 유방암을 앓다가 배우자와 부모의 결정으로 "냉동 프로젝트"에 참여한 주인공 '선우'는 세월이 흘러 어느덧 "백오십 년 후의 바깥세상"과 만난다. 그녀가 살았던 시대와는 차원이 다른 최첨단 과학 기술이 작동되는 시대에서 "해동 인간"은 그저 "이 세계에서 가장 열등한 인간 부류로 취급"되고 있었다. 서른다섯의 선우가 살았을 때는 비용이 너무나 비싼 탓에 "특권"에 가까웠던 기술이었다지만, 시간을 훌쩍 뛰어넘어 해동된 이후에 마주한 세계에서는 가장 하급 존재로 전락하고 만 것이다. 기술에 따른 계급적 차이는 필연적일 수밖에 없다. 그 기술을 누리는 자들도 있고, 그 기술에 의해 발생한 부작용을 온몸으로 겪어야 하는 이들도 있다. 이들은 그렇게 기술의 폭력성을 몸소 증언한다.

해동 인간은 기술의 폭력성을 증언한다. 깨어난 선우를 바라보는 미래 인류의 눈에는 과거의 인간들이 지닌 감각, 그들의 가치관이 너무나 오래된 것으로 비쳤을 수도 있다. 해동된 선우가 '백오십 년 후의 미래 사회'에서 비록 열등한 부류에 속하는 처지일지라도 그녀는 과거를 회상하면서 자신이 여전히 자신만의 "스토리"를 갖고 있다고 느낀다. 하지만 과거의 기억(스토리)은 결국 지금 현실에서의 새로운 삶을 위태롭게 뒤흔든다. 과거의 기억이 현실에서 불현듯 떠오르며 추억으로써 무겁게 그녀를 끌어당기고 있다는 것이다. 자신의 "정서적 시간"을 누구와도 공유할 수 없음에 절망하는 그녀 앞에 "김 박사"는 "낯선 시대에 함께 불시착한 동반자"나 다름없었다.

"선우의 해동과 회복을 담당해 온 김성훈 박사"가 해동 인간이라 고백했을 때, 친밀감을 느낀 선우는 그와 함께 밤하늘을 보면서 "별을 매개로 죽음 너머의 세계와 교신 중이라는 착각"에 빠진다. 급기야 "오늘 밤 교신으로 가족이 깃든 땅에 연결되고 싶다"는 간절함으로 이어진다. 이는 과거의 인간들이 '죽은 자들과 맺어왔던 전통적인 관계'를 떠올려 본다면 납득할 만하다. 모두가 이제는 "각자의 공간에서 홀로그램 미사를" 드리고 있는 미래 사회에서 밤하늘의 별은 아무런 의미가 없다. 그런 점에서 해동 인간이라는 이방인으로서 선우가 올려다 본 밤하늘의 별빛은 '죽은 자들을 떠올리는 영혼의 통로'다. 이는 그녀가 이곳 미래 사회에 존재하고 있는 누구와도 다른 점, 즉 '상상을 할 수 있는 존재'로서 누릴 수 있는 유일한 특권인 것이다.

몸에 새겨진 "강렬한 스토리"가 선명해지면서, 다시 켜진 기억의 단자로 인해 선우는 또 다른 별과 이어지는 계기를 맞는다. '민서'는 선우의 대학생 시절 친구였다. 소설 초반에 선우는 남편 "정호" 또한 홀로그램으로 만났으나, 친구인 민서와의 조우가 더욱 의미 있어 보인다. 그녀들은 함께 "몽골의 하르가스 호수"에 갔었던 기억을 공유하고 있다. 하지만 이들의 만남을 성사시킨 미래의 기술(홀로그램), 즉 "테크노피아 여신"의 "위대함"과 "잔인함"은 마치 힌두교의 시바 신처럼 이중적인 모습을 보여준다. 또한, 이것은 시간의 진정한 얼굴이기도 했다. 홀로그램인 민서는 선우에게 자신이 하르가스 호수에서 본 밤하늘의 별에 담긴 시간을 이야기하면서, 막상 살아보니 "시간보다 더 큰 모순은 없다"는 것을 깨달았고, 결국 "삭제하고 싶은 것도 시간이고, 다시 얻고 싶은 것도 시간이었다"고 고통스럽게 말한다.

결정적인 장면은 선우가 김 박사에게 "이전 생애 기억을 삭제"해달라고 부탁하면서 "이전 생애로 향하는 시선을 끊어내지 않고는 이 세계에서 버틸 여력이 없"다고 말한 대목이다. 물론 김 박사가 자신을 "스토리 없이 단순 데이터만 저장"하는 "AI 출신"이라 고백한 부분도 의미심장하지만, 선우의 기억 삭제 결정은 결국 "이 세계에서 새로운 스토리를 직접 만들며 나답게 살" 것이라는 의지에서 비롯된 것이다. 김 박사는 선우에게 기억을 대체할 대안들을 제시하기도 하지만, 그녀는 단호히 거부한다. "홀로그램 따위로 허무한 카타르시스 놀이"를 더는 하고 싶지 않다는 선우의 결단은 과거의 기억에 더는 휘둘리지 않겠다는 것이고, 홀로그램을 위시한 어떠한 기술에도 의존하지 않고 앞으로의 삶을 '직접 만들며 나답게' 살겠다는 의지를 보여준다.

「그녀의 패션」은 대형 스크린에 비친 첼리스트의 "극적인 몸짓"과 함께 연주자의 "열정에 매료된 관객들"의 장면이 펼쳐진다. 첼로를 연주하는 몸짓과 장중한 "수난곡", 그리고 연주자의 순결한 모습을 강조함으로써 저 장엄한 연주회의 배후에는 어떤 사연이 있던 것인지 이야기의 장막을 열어젖힌다. 소설의 서술자인 '나'("지혜")는 "하모니아 봉사단"의 현악 팀 팀장이다. 지혜는 현악 팀을 탈퇴한 "보배"를 찾아간다. 토요일 오후, 서울에서 보배가 있는 청주로 이동해야 하는 상황에서 지혜는 "지역 문화 활성화도 클래식 연주자의 사명"이라는 보배의 말을 떠올렸다. 하지만 지혜 입장에서는 "바이올린 연주자 혜라"가 자리를 비운 상황에서 첼로 연주자인 보배도 그만두게 되면 하모니아 봉사단 현악 팀에게 치명적인 일이다. 자신이 속한 현악 팀이 "해체 위기"에 처한 절박한 상황에서 그녀는 보배에게 읍소하지만, 단칼에 거절당했었다.

만나기로 한 카페 "패션"은 'passion'과 'fashion'의 이중적 의미를 내포한다. 지혜는 카페에 도착하기에 앞서 "영국 문화원 강사"로서 수업을 진행하면서 수강생들에게 읽어준 동화 "아멜리아 베델리아"에 실린 한 이야기를 떠올렸다. 가사도우미 아멜리아가 주인이 남긴 메모를 엉뚱하게 해석하여 "욕실 수건을 새것으로 교체하는 대신, 가위로 요리조리 오리고 실로 꿰매 붙여서 완전히 다른 모양으로 바꾸어버린" 일화였다. 주인 입장에서 이것은 자신의 의도와는 다른 결과이며, 이 엉뚱한 사건에 의해 '수건'은 완전히 새로운 물건이 된다. 이야기 속 유머는 동화책을 벗어나 삶에 관한 지혜를 비롯한 어떤 가르침으로써 수강생들에게 전파되었을 것이다. 우리의 삶이 언제든 의도를 벗어나 엉뚱한 결말로도 이어질 수 있다는 것을 깨닫고 이로써 다시금 삶의 다양성에 대해 생각해 볼 계기가 마련될 수도 있다.

다른 작품들과 마찬가지로 「그녀의 패션」에서도 인공지능 문제가 대두된다. "합창 팀 팀장"이 비꼬듯이 말한 "인공지능 반주 기기가 보급" 중인 상황은 지혜의 현악 팀으로서는 잠정적 해체 위기를 떠올리게 만든다. 하지만 지혜의 입장에서 "인공지능이 인간의 열정까지 흉내 낼" 수는 없으며, 열정이 없으니 "생명력 있는 연주"는 애초에 불가능한 것이다. 그녀는 "얼마 전 K 시 시립 합창단 봄 정기 연주회에서 인공지능 반주 기기로 시범 연주한 일"을 떠올리면서 "반주를 완벽하게 해내서 관객과 합창단 모두에게 깊은 인상을 남겼다는 기사"가 났던 사실을 기억하기에 이른다. 하지만 지혜의 입장에서 이것은 동화책을 읽어주고 수강생들과 함께 웃어대는 "인공지능 강사만큼 현실성이 없어 보였다." 인공지능이 아무리 그럴듯하게 기술적으로 연주를 할 수 있더라도 인간의 유머까지 즐길 수는 없다.

지지부진한 설득을 하던 와중에 지혜는 "멍청한 아멜리아가 되어 보기로" 하는 일종의 모험을 감행한다. 보배에게 갑자기 "새 성가 연주복"을 한번 입어보라고 엉뚱한 제안을 던진 것이다. "단단히 벽을 세우고 있던" 보배가 이로써 대화의 문을 열기 시작했고, 사실 예전에 보배가 연주복을 과감하게 "와인레드로" 바꾸자고 제안했었던 것이 밝혀진다. 와인 색 연주복은 '열정'을 의미한다. 현악 팀의 뒤숭숭한 분위기를 해결할 수 있는 열쇠는 멀리 있지 않았다. 연주복의 디자인과 색상이 악단의 '연주가'라든가 '악기'에 비하면 사소한 것으로 비춰질 수 있다. 하지만 작중에서 보배의 건의에 따라 과감하게 새로운 연주복으로 교체하기로 결정하게 되는 합의 과정은 집단의 동질감을 확인하고 이에 따라 자신들의 목표를 새롭게 정립하는 계기를 마련한다.

이렇게 본다면 「그녀의 패션」이라는 제목에서 짐작되던 작중의 문제적 상황이 단지 '그녀'라는 한 개인의 것이 아니었음을 알게 된다. 작중 말미에 새로운 "와인레드 연주복에 감싸인 육체"와 함께 보배가 "매혹적인 제사장"처럼 보인다고 할지라도 그 연주는 비단 그녀 혼자만의 독무대가 아닌 것이다. 보배가 혼자서 첼로 연주를 하였어도 그녀의 소속은 현악 팀이며, 그녀의 후광으로 악단 멤버들의 열정 섞인 숨결이 장막처럼 드리워져 있다. 패션(열정이든, 아니면 의복이든 간에)은 보배 한 사람만의 것이 아니라, 현악 팀 구성원들 모두의 것이다. 소설 서두에서 연주의 클라이맥스가 무슨 연유에서 그러했는지를 이야기하는 것이 「그녀의 패션」의 주요 내용이다. 그리고 보배의 매혹적인 연주에 감탄을 아끼지 않은 지혜야말로 저 무대를 기획하고 연출한 숨은 조력자였던 셈이다. 세상이라는 무대는 이렇듯 누구 하나만의 힘으로 움직이지 않는다.

「라흐마니노프의 손가락」은 "클래식계에 젊은 돌풍을 몰고 온 피아니스트 선우휘"의 열렬한 팬인 "보미"가 주인공이자 화자로 등장한다. "남도의 소도시인 J 시"에 공연하기로 한 선우휘를 보기 위해 많은 관객들이 입장하기 시작하고, "J 시 문화 예술 회관"의 "하우스 가이더"인 보미는 그런 관객들의 모습을 보며 부러움과 질투에 휩싸인다. 원래는 하우스 가이더 아르바이트를 그만두려고 했던 그녀였지만, 우연히 "실무관"에게서 선우휘의 공연이 잡혔다는 얘기를 듣고는 곧바로 계약 연장을 하게 된다. 그만큼 보미는 선우휘의 연주에 매혹되어 있었고 "최근 삼 년간의 연주 프로그램을 모두 외울 만큼 그의 음악에 심취해 있었다." 남도의 작은 도시에 살던 보미에게 서울 공연은 비용이나 시간 등이 너무나 부담되었는데, 정말 운이 좋게도 선우휘가 이곳에 공연을 온다고 하니 무척이나 설렜던 것이다.

이 작품에서도 인공지능은 그림자를 드리우고 있다. "문화 예술 회관에도 곧 인공지능 하우스 가이더가 들어 올" 예정이라는 것이다. 관객들을 안내하고, 공연장의 질서를 유지하는 등의 역할을 인공지능이 대신한다는 실무관의 말에 보미는 위축될 수밖에 없었다. 하우스 가이더로서 업무를 할 때나, 피아니스트를 꿈꾸면서 연습했던 때를 떠올리면서 보미는 자신의 짧은 손가락이 못마땅했다. 신체적인 결함이라는 문제는 인간으로서 충분히 맞닥뜨릴 수 있는 것이다. 주어진 문제에 대해 완벽한 해결을 위해 최적의 기능을 갖춘 인공지능과는 달리, 인간인 보미에게는 딱히 별다른 방법이란 없었다. 그녀로서는 스스로 자신의 한계를 인식하고 그에 대한 결핍된 욕망의 대체로써 선우휘의 연주를 듣는 것을 택하는 것뿐이다. 공연이 시작되고 눈앞에서 펼쳐지는 그의 연주에 점점 빠져드는 보미는 "아담한 체구와 가느다란 손가락에 자꾸 시선"을 보낸다.

결정적인 장면은 바로 선우휘가 연주하다가 실수하는 부분이다. "2악장이 끝나기 직전"에 음을 놓치고, 이어서 실수를 연발한다. 그의 연주를 모두 꿰뚫고 있던 보미로서는 단번에 느낄 수 있는 심각한 실수였다. 그런데 정작 보미는 그런 실수를 보면서 당혹스러워하지 않고 오히려 안도감을 느낀다. 그의 실수조차 "피와 살을 가진 인간 선우휘를 증명"하는 것이라 생각이 들었기 때문이다. 연주자까지도 인공지능으로 대체될 것이라는 실무관의 말이 다시금 떠올랐다. 공연장을 관리하는 하우스 가이더도, 관객들에게 연주하는 것도 모두 인공지능이 하게 된다면, 과연 음악은 누구를 위해 울려 퍼지는 것이라 말해야 할까. "선우휘가 사라지고 어마어마하게 긴 손가락을 가진 인공지능으로 대체된 무대"가 정말로 현실이 된다면 그때도 지금과 같은 감동과 전율을 관객들은 느낄 수 있을까.

심은신의 이번 소설집에 자리 잡은 무거운 질문을 하나 꼽자면 이러하다. 우리는 왜 인공지능에 대해 열광하는가? 지금도 여전히 인공지능에 대해 심각하게 위험성을 경고한 사람들도 적지 않다. 인공지능으로 인해 실업자가 될 위기에 빠진 이들도 점차 많아지고 있다. 인공지능은 우리 가까이에 와 있다. 이제 우리는 앞으로 무엇을 새롭게 인식해야 하는 것일까. 인공지능은 완전한 해결이 가능한 문제들에 대해서만 만능일 뿐이다. 기계가 바라보는 문제와 인간의 그것은 엄연히 다르다. 인간에게 문제는 해결이 아니라, 소통과 공감에 따른 성찰의 계기로도 이어질 수 있다. 아직은 현재 진행형이기에 인공지능을 비롯한 첨단 기술은 우리에게 회색 지대나 마찬가지다. 기술 발전 끝에는 무엇이 펼쳐질지, 과연 우리가 인간답게 살기 위해 필요한 것인지를 진지하게 돌아봐야 할 때가 올 것이다. 그때가 되면 이도 저도 아닌 회색빛에서 벗어나 분명한 색을 띠며 우리 눈앞에 펼쳐질 미래가 부디 따뜻하기를 바랄 뿐이다.

작가의 말

어떤 질문은 우리 곁에 오래 남습니다.
이야기를 쓰고, 문학지에 발표하고, 책으로 묶는 동안에도 한 가지 질문이 맴돌았습니다.
'인간은 결국 무엇으로 인간일 수 있는가?'

우리는 이전보다 훨씬 정확하게 예측하고, 빠르게 판단하며, 효율적으로 결정합니다.
묵상하고 사유하고 질문하는 일은 선사의 습관처럼 여겨지기도 합니다.
인간이라는 사실은 증명해야만 하는 그 무엇이 되어 가고 있습니다.

이 소설집에 실린 다섯 편의 이야기는 인간임을 증명하는 인물들에 관한 기록입니다. 그들이 기계가 흉내 낼 수 없는 방식으로 아파하고, 후회하고, 의심하고, 망설이는 모습을 따라가 보았습니다. 그들의 혼란이 독자들에게도 낯설지 않기를 바랍니다. 그들의 불완전함과 불확실함은 우리 모두의 것이며, 인간다움의 증거일지도 모릅니다.

소설 속 인물들은 해답을 주지 않지만, 독자들이 조금 더 질문 곁에 머물 수 있다면 그것으로 충분합니다. 작가와 독자란, 삶의 본질은 효율성에 있지 않으며 진실은 언제나 측정 불가능한 영역에 존재한다고 믿는 사람들이니까요.

인간으로서의 진정성이 언제나 우리 안에 살아있기를 소망합니다.

2025년 가을에 심은신